굶어 죽지 않으면 다행인

이후북스 책방일기

굶어 죽지 않으면 다행인
이후북스 책방일기

황부농 쓰고 서귤 그리다

책방정식

배고프니 밥을 좀 먹어야겠다. 여기 10첩 반상은 아니지만 나름 작고 소박한 정식이 있다. 김이 모락모락 나는 독립출판물, 신선한 유기농 인문서, 갓 수확한 사회과학서, 100년 숙성된 고전, 수저와 포크는 고양이, 겸상하는 이는 동업자 상냥이, 아니 누구라도 상관없다. 맛이 있고 없는 게 내 탓은 아니다. 그건 골라 먹는 독자들의 입맛 탓(을 하며 뻔뻔하게 먹으라고 강요)일 뿐. 그러한 점에서 〈책방'정식'〉이다.

어쩌다 보니 책방을 열었고, 현실의 벽 앞에서 한계를 깨달은 후엔 한마디로 "똥 됐다"를 나도 모르게 내뱉었다. 그렇다면 그냥 즐겨야겠다는 심정으로 책방을 운영했다. 책방에서 일어나는 작은 일들이 소중해서 책방일기를 쓰기 시작했고 그 안에는 책 좀 사라는 하소연도 있고 나 이렇게 잘해왔다는 거들먹거림도 있다. 답이 없는 일에서 답을 찾으려 했다는 점에서 〈책'방정식'〉이다.

무엇을 기대하든지 간에 간결한 문체와 특유의 유쾌함으로 무거운 주제의 글도 쉽게 읽힌다. 가벼운 것은 그것대로 맛깔나다. 기대하고 읽어도 재미있을 테니 일독을 권한다, 라고 말하는 건 책을 파는 책방지기 버전의 소개다.

그럼 책을 쓴 입장에서 말하자면,
매주 한두 편의 책방일기를 썼다. 처음엔 시간이 남아서 썼고 사람들이 반응을 보이자 보란 듯이 책방 홍보를 겸한 일기를 썼다. 나와 나를 둘러싼 사람들, 고양이, 책에 대한 솔직한 모습과 생각들을 가감 없이 담으려 했다.

'작은 책방'은 자본주의 시스템 안에서 평가하자면 거의 무가치한 공간이다. 수익 구조가 지독할 정도로 열악하다. 먹고사는 데 있어서 거의 절망적이라고 말해도 과장이 아니다. 그럼에도 불구하고 2년 넘게(짧다면 짧고 길다면 긴 시간이겠지만) 유지할 수 있었던 건 책방에는 자본의 가치를 뛰어넘는 것들이 있기 때문이다. 그건 사람, 이야기, 재미, 응원, 연대, 자유, 성찰, 고민거리 같은 것이다. 이런 것들을 보여주고 싶었다, 라고 쓰려니 몸이 배배 꼬이네.

이 책이 하루가 아쉽게 끝난다 싶을 때 읽으면 조금의 위로가 되기를 바란다. 나 스스로에게도 그런 글이 되기를 바라며 썼다. 책방에 오지 않는 독자들에게 이런 마음이 가닿기를 바라며 썼지만 그러면 책방에 온 사람들이 '나는 뭐냐'라고 생각할 수도 있으니, "전全 지구인을 생각하는 마음으로 썼습니다"라고 뻔뻔하게 말해본다. 그러니까 열 권씩 사서 선물하고 읽어주세요(그래야 제가 굶어 죽지 않습니다).

책방은 배가 고프다. 나는 여전히 배가 고프다. 같이 책방정식을 먹자. 아니 풀자. 아니 먹자. 아니 풀자. 아니 먹으면 안 될까? 그냥 풀지(영원히 이어지겠네).

이후북스를 만나고 난 이후

노래하고 글 쓰는 이내

여러분 이 책은 연애소설이에요. 누군가를 "매일 생
각하고 기다리고 설레고 토라지고 전전긍긍"하는 이야
기가 담겨 있어요. 아니요. 이 책은 시집이에요. 매일같이
"세상에 운율을 만들어내"고 있거든요. 아니다. 이 책은
인문사회 책인가 봐요. 매일같이 "고르게 가난한 사회"
를 생각하거든요. 아닌가. 이 책은 유우머 모음집이에요.
책방에 물구나무 서서 들어오라는 웃기는 이야기가 있거
든요. 아니아니, 이 책은 고양이 책이에요. 다양한 색깔
의 고양이가 많이 등장하거든요. 아닙니다. 이 책은 노동
에 관한 책이에요. "이후북스의 일은 끝나지 않"거든요.
음, 이제 감이 좀 오시나요. 네 맞아요. 이 책은 책방에

8

대한 책이에요. 사랑하는 모든 것에 관한 책이기도 하지요. (그러니까 꿀잼 보장!)

　제가 이후북스를 만난 건 책을 만들었기 때문이에요. 책을 만들면 팔아야 하기에 책방에 입고해야 해요. 어찌 보면 당연한 순서를 따라 이후북스에 책을 입고했을 뿐이지만 그다음에 무슨 일이 벌어질지 해보기 전에는 절대 알 수가 없지요. 이후북스는 책을 읽은 '이후'에는 조금 세상을 다르게 보라는, 책을 읽은 '이후'에는 조금 불편해지라는 뜻이 담겨 있다고 해요. 저는 이후북스를 만나고 난 '이후' 많은 것이 달라진 사람입니다. 우선 이후북스의 전속 가수가 되었고요, 한두 달에 한 번씩은 이후북스에서 공연을 하고 있어요. 매번 새로운 사람들을 만나고 새로운 노래를 불러요. 그런 기회를 주고 있는, 저에게는 너무나 소중한 책방이랍니다. 책방이라는 삶에 대해 흘깃 엿보고 나서 그게 너무나 멋있어 보여서 저는 '이내책방'이라는 정체성을 만들었어요. 장소는 아직 없지만 책방으로 살아보기로 결심하기에 이르렀거든요. 제가 움직이는 곳에서 책과 사람과 우연의 이야기를 만들었으면 좋겠다는 바람으로 저는 "안녕하세요. 이내책방입니다" 이렇게 소개하고 있어요. 이게 다 이후북스 책방일기 덕분이라고 말해도 모자라지 않습니다. 이렇게 우리는 책방지기의 바람대로 고르게 가난해지고 있어요!

　제가 좋아하는 일본의 사상가 사사키 아타루는 자신의 책《잘라라, 기도하는 그 손을》에서 책과 관련된 사람들을 천사의 일을 하는 사람들이라고 말했어요. 저는 그 말을 굳게 믿고 있습니다. 그만큼 힘들다는 뜻일지도 모르겠어요. 이후북스의 책방지기는 "21세기에 좁은 골목길에서 작은 책방을 운영하는" 그런 날들에 "조금의 위로가 되"기 위해 글을 썼다고 해요. 그의 등을 토닥토닥 두드려주고 싶어집니다. 그리고 고맙다고 말하고 싶어요. 그렇게 쓰인 이 글들이 저의 하루하루를 회복해주고 있거든요. 그러니까 여러분의 하루하루에도 위로가 되어줄 거예요.

　이 책의 유일한 단점은 제가 알기 전 이후북스 이야기가 나온다는 거예요. 하지만 그게 또 엄청난 장점이 되지요. 이제 매일 문을 여는 이후북스밖에 모르는 저에게 그 이전의 시간을 알려주고 있잖아요. 이미 책방을 알고 계신 분이라면 무릎을 치며 지난 이야기를 읽어나가게 될 거고요, 아직 책방을 모르시는 분은 이마를 치며 새로운 세계를 만나게 될 거예요. 그리고 그 '이후'에 여러분의 삶에 나비의 날갯짓만 한 변화가 생긴다면 그건 이미 세상을 바꿀 만큼 충분하답니다. 정말로 그렇게 믿고 있어요.

이 책을 읽고 나면 제가 이 짧은 지면에 이 책에 나온 주옥같은 말들을 얼마나 많이 인용했는지 눈치챌 겁니다. 마지막으로 한 문장을 더 가져올게요. "책은 스스로 빛나지 않는다. 읽어주는 이들이 있어야 비로소 책은 책으로서 빛난다." 그러니까 여러분이 이 책을 빛나게 해주셔야 합니다. 읽어주세요. 모든 것에 관한, 모든 것을 다루는 우주적인 책방의 이야기를. 아니 이런, 너무 거창해졌군요. 그냥 책방에 한번 들러주세요. 반짝반짝 빛날 준비 중인, 별것 없는 인생에 고양이 눈곱만 한 변화를 가져올지도 모르는 책 한 권이 언제나처럼 여러분을 기다리고 있을 거예요. 그리고 그 옆에 한 책방지기가 '고양이 낮잠처럼 아름다운 게으름'을 피우는 듯하지만 매일같이 책 위에 쌓인 먼지를 닦고 있을 거니까 안부 좀 전해주세요.

황부농

저녁 9시에 일기를 쓰면 기운이 솟아나는 이후북스 책방지기. 한 벌 있는 분홍색 남방을 맨날 입어서 황분홍(부농)이 되었다. 책과 책방을 사랑하지만 고양이를 더 사랑한다. 책방 운영하며 고마운 일도 미안한 일도 많아 갚을 길을 찾느라 바쁘다.

상냥이

이후북스 동업자. 전속 진행자이자 디자이너. 투자금을 회수하면 책방에서 발을 뺀다고 했지만 절대 회수할 수 없음을 아직도 깨닫지 못했다. 상냥해서 별명이 상냥이인데 딱 두 번만 보면 상냥하지 않다는 것을 알 수 있다(그러니 처음 보신 분들은 속지 마세요).

서굴

낮에는 회사에서 일하고 저녁에는 집에 돌아와 그림을 그린다. 주경야경의 삶을 담은 자전적 이야기 《책 낸 자》, 냥덕들의 교과서 《고양이의 크기》의 작가. 그림 그리는 능력만큼이나 우월한 스토리텔링 능력은 타의 추종을 불허한다. 어쩌다 발을 들인 이후북스에 완전히 발목 잡혔다.

고양이들

집사가 버는 돈이 모두 자신들 밥값으로 사용되는 걸 아는지라 하루에 다섯 끼를 먹으며 집사가 일을 멈출 수 없게 만든다.

차례

2부 서로의 페이지가 되어

1부 책방으로 오세요

책방으로 오세요

이후북스가 어떤 콘셉트의 책방이냐는 질문을 받는다. 작은 책방들은 한 가지 콘셉트를 가지고 개성 있게 꾸려나가는 곳이 많아서인 듯하다. 그러나 이후북스는 콘셉트가 없다. 내가 좋아하는 책을 파는 것이 전부일 뿐.

이후북스에 다른 모토가 있냐고? 없다. '이후북스'에서 이후는 무슨 뜻이냐고 종종 질문 받는데, 이후는 '이전 이후'의 이후이다. 책을 읽은 이후 달라졌으면 하는 바람이 담겨 있다. 하지만 내가 추천한 책을 읽었다 한들 정말 달라진다는 보장은 없다. 다만, 책을 즐겁게 읽고, 책 읽는 데 흥미를 느껴 책방을 자주 찾는다면 이전과는 다른 나를 발견할 수 있을 것이다.

책방엔 주로 독립출판물과 작은 출판사의 책이 있다. 작지만 확실한 개성과 재미를 주는 책이다. 나는 작은 것들에 마음이 좀 더 쓰인다. 독립출판물 제작자와 소규모 출판사들이 소소하지만 꾸준히 재미난 책을 만들어주었으면 좋겠다.

이후북스의 콘셉트를 하나로 말하기는 어렵지만 일정한 색깔을 조금씩 만들어가고 있다.

일전에 인터뷰 하러 오신 분이 이후북스에는 동물권과 인권에 관한 책들이 많이 눈에 띈다고 했다. 둘러보니까, 정말 그렇더라. 책 제목에 노동, 생명, 동물, 인간 등의 단어가 들어간 게 많았다. 그런 단어가 들어간 책이 잘 팔리는 것도 아닌데 (고양이에게 매료당하듯) 그런 책을 보며 나도 모르게 침을 흘리고 있었다. 인권이, 인권만큼 중요한 동물권이, 아울러 모든 생명이 존중받는 시대가 왔으면 좋겠다.

지금 책상 위에는 《일터괴롭힘, 사냥감이 된 사람들》이란 책이 놓여 있다. 인권연구소 '창'의 활동가와 인권변호사모임 '희망법' 변호사들이 같이 쓴 책으로 노동자들이 겪는 부당함과 그에 대한 대응책이 실려 있다.

이후북스의 콘셉트가 뭐냐고? 일단 오면 보인다.

먹고살 만큼 버냐고?

지난 연휴 때의 일이다. 연휴 내내 손님이 없어서 남들 쉴 때 나도 쉬어야 하나, 하고 생각하고 있었다. 그나마 연휴 마지막 날은 손님이 조금 있었다. 그렇다고는 해도 대부분 지인이었다. 넷째 언니와 언니 친구, 셋째 언니와 형부와 조카들. 그러니까 그냥 가족. 어쨌거나 북적거렸다.

내부가 조금 북적여 보여서 그랬는지 지나가다 들어와서 구경하고 나가신 분도 많았다. 그 중에 한 분이 오픈한 지 3개월 만에 자리 잡았다며 축하해주셔서 으쓱거리려다(사실은 전혀 자리 잡은 상태가 아니었기에), '으'만 하고 '쓱'은 하지 않았다.

외부에서 보기에는 어떨지 모르겠다. 독서 모임도 두 개나 하고 고양이 덕후 모임 '기승전냥'도 하고, 영어스터디, 글쓰기 수업, 인디자인 워크숍도 하니, '뭔가 잘되고 있나 보다'라는 생각이 드는 건지도. 그러나 살펴보자. 영업 비밀이라도 있으면 누설하고 싶지만 그런 게 없다. 모든 모임에 참여하는 인원 중 절반 이상은 지인이다. 독서 모임인 '누구라독'도 그랬고 '책팅'도 그랬다. '기승전냥'도 예외가 아니다. 첫 번째 모임 때는 상냥이와 매일같이 야근에 찌든 한 친구를 꾸역꾸역 불러냈다. 그리고 친구는 아니지만 친구 같은 서귤 작가님(작가님은 전혀 그러한 마음이 없으려나)이 참여했다. 2회 기승전냥은 모집 인원이 다 차긴 했지만 여전히 독서 모임은 매번 정원을 채우기가 힘들다. 점점 나아지겠지 하며 진행하고 있다. 그러니까 결국 지인들을 끌어들이는 다단계 판매 방식과 흡사하다. 책 또한 지인들이 얼마나 많이 사갔던가. 그래서 3개월 동안 월세 안 밀리고 출판사와 독립출판 제작자에게 정산을 다 해줄 수 있었다. 하지만 딱 그 정도다. 남은 돈은 아이들에게 용돈을 쥐어줄 정도의 금액뿐이다. 난 기름값 아끼려 자가용을 두고 대중교통을 이용하게 되었고, 옷은 그사이 한 번도 새로 사지 않았다. 옷보다 더 많이 사고는 했던 운동화도 사지 않았다.

그렇게 된다.

　다른 책방의 사정은 잘 모르겠다. 내가 책방을 열 때도 책방이 요즘 너무 많이 생긴다는 얘기를 들었는데, 그 열기는 여전한 것 같다. 더하려나? 아마 기존 책방이든 곧 오픈을 앞두고 있는 책방이든 모두 수입은 크게 기대하지 않을 것 같다. 그러나 이것도 장사니까 손해 보지 않으려면 다방면으로 노력은 해야 한다. 당연히 수익도 내야 한다고 생각한다. 이후북스는 내 수입원의 전부다. 다른 일을 하며 취미 삼아 하는 게 아니다. 수입을 크게 기대하진 않지만 먹고살 만큼 벌어야 하고 그러다 보면 이것저것 책방으로 돈 벌 만한 일들을 꾸미지 않으면 안 된다. 순수하게 책이 좋아서 손해 보더라도 하는 게 아니다. 물론 책은 좋지만…. 책보다 난 영화가 더 좋다. 그런 영화도 못 봐가며 책방에만 주구장창 있다.

　그래서 이후북스는 앞으로도 더욱 재미난 모임과 즐길 거리가 가득한 공간이 될 예정이다. 난 아직 배가 고프고 정말 이곳이 밥줄이거든요.

　그런데 이 글을 쓰는 지금도 책방에 파리가 날리고 있네.

다 웃자고 하는 일이죠

　내가 책방에서 하는 일에 대해 좀 구체적으로 써보려고 한다. 마침 오늘 잡다한 일이 한꺼번에 몰아닥쳤다.
　출근해서 바닥을 쓸고 닦는다. 일요일 모임 탓에 월요일에는 머리카락이 수북하다. 책 위에 쌓인 먼지를 털어낸다. 세상에 영원한 게 있다면 먼지가 쌓이는 일이다. 털어내고 털어내도 쌓이는 먼지 먼지 먼지. 요즘엔 깨알보다 작은 모기가 보인다. 이 녀석들은 꼭 작은 틈새에 죽어 있다. 꺼내려면 손을 접는 신공을 발휘해야 한다. 내게 그런 신공은 없다. 이럴 땐 도구를 이용해야 한다. 부채질로 날려버리기! 이제 얼음을 얼린다. 책방엔 제빙기가 없으니, 특히 여름에는 잊지 말아야 할 아주 중요한 업무다. 500밀리리터 탄산수가 두 개 남았는데 아무래도 부족할 것 같아 근처 슈퍼에서 사 왔다. 이렇게 더운 날에는 좁은 책방 안을 돌아다니기도 싫은데 슈퍼를 가다니! 사러 가는 길에 온라인 쇼핑몰에서 탄산수를 주문했다(빠른 배송이니까 내일은 도착). 어제 주문했어야 했는데 미리 챙기지 못한 스스로를 자책한다. 커피를 내려 마셔보고 자몽청과 레몬청과 파인애플청의 상태를 확인한다. 그냥 다 내가 마셔본다. 남이 만든 게 제일 맛있지만 내가 만든 것도 맛있으니 고개를 끄덕인다. 컵의 물기를 닦고 마른 행주는 개고 빤 행주는 넌다. 휴지도 떨어져 박스에서 주섬주섬 꺼내놓는다.

이제 쉬어야지~는 무슨, 택배 주문이 있어 포장을 한다. 밤사이 또 주문이 들어왔다. 택배는 주문이 있는 날과 없는 날의 편차가 조금 있는데 오늘은 웬걸! 많네. 송장에 주소를 적고 에어캡 봉투에 집어넣는 도중, 손님이 들어와 음료 두 잔을 시켰다. 테이블 위가 택배 용지로 뒤덮여 치워야 했다. 음료를 내주고 다시 택배 포장을 하는데 포장 팩의 수량이 얼마 남지 않아 또 주문한다. 크기와 종류를 다르게 할까? 잠시 고민하다가 고르기 귀찮아서 전에 주문했던 내역 그대로 주문한다. 역시 빠른 배송으로.

'영어스터디'에 대해 블로그인지 SNS인지 문의 메시지가 왔는데 그냥 넘긴다. 송장 적을 때 다른 일을 하다 보면 주소가 헷갈려서 한복을 주문한 사람에게(《한복 이야기》이지 진짜 한복이 아닙니다) 고양이가 배송될 수도 있다(《고양이의 크기》이지 진짜 고양이가 아닙니다). 헐, 생각만 해도 끔찍하구먼. 고양이 모임 기승전냥에 관한 문의도 그냥 넘긴다. 블로그 댓글로 책 재고 문의가 들어오는데 계속 그냥 넘긴다.

중간중간 손님에게 음료를 몇 잔 판다. 설거지가 쌓이기 전에 해치운다. 입고된 책이 있어 사진을 찍어 SNS에 올린다. 표지도 찍고 내지도 찍는다. 표지는 예쁘게 찍으려고 노력하지만 다 거기서 거기다. 찰칵 찰칵 찰칵, 카메라를 사야겠다고 오픈 전부터 다짐했는데 아직도 안 샀다. 독립출판물이면 스토어팜에도 올려 온라인으로도 판다. 블로그에도 올린다. 정성 들여 소개글을 써야 하지만 더우니까 아무 생각 없이 올린다.

최근 총판과 거래하려고 몇 군데 전화했는데 오늘 연락이 왔다. 지난주에 총판과 얘기를 나누긴 했다. 매입하는 조건이라고. 오케이! 그까이꺼 사지 뭐. 그런데 오늘 전화로 200만 원을 선입금하라고 한다. 어차피 책을 매입하면 그 안에서 제하게 된다며. 그러나 내 머릿속은

물음표로 가득 찬다. 아니 가위표로 가득 찬다. 200원도 아니고 200만 원? (200만 원이 없어요.)

다음 모임에 대해 생각한다. 그러고 보니 당장 내일 사람책 행사가 있다. 신청하신 분들을 체크한다. 그런데 다음 달 '사람책'에는 누구를 모시지? 저자를 부른다고는 해도 홍보를 하지 않으면 참가자가 영 모이지 않는다. 다방면으로 홍보 글을 올리고 인쇄물도 붙여야 겨우 이 작은 공간이 찬다. 이렇게 돈 안 되는 행사는 누가 기획했지? 라는 의문을 잠시 가져본다.

입고 요청 메일이 와서 읽어본다. 추가 입고해야 될 책도 있고 해서 한꺼번에 메일을 보낸다. 몇 줄 쓰는 건데 예의와 형식을 갖추려고 노력을 했던 건 초반 일이고 요즘에는 그냥 써 내려간다. 영혼이 점점 없어진다.

책이 도착한다. 책을 진열할 공간을 마련하던 중, 마침 책 한 권이 판매되어 빈 자리가 나온다. 그곳에 일단 보이게 둔다. 상냥이는 주제별로 책을 진열하는데 나는 이렇게 그때그때 빈 곳에 책을 꽂아둔다. 들키면 혼난다. 당연히 들킨다.

배가 고파 시계를 보니 저녁 7시가 넘어간다. 저녁 시간이라 사람들이 퇴근길에 들를 것 같아 선뜻 나가지 못한다. 그런데 배는 고프다. '다 먹고살자고 하는 건데 밥을 굶을 수는 없지!' 하면서도 자리를 비우지 못한다. 갈등이 찾아온다. 체력적 한계와 심적인 부담감 사이에서 버틸 수 있는 최대치까지 버텨본다. 블로그에 '오늘의 페이지' 같은 거 올리면 시간이 잘 지나가는데 오늘은 온라인 쇼핑몰에서 생두를 골랐다. 과테말라가 떨어져서 구입을 할 시기가 왔다. 그런데 배송이 오래 걸려 이건 내일 직접 사러 가기로 한다. 밥이나 먹으러 갈걸. 이번 주 독서 모임에서 읽을《위건 부두로 가는 길》을 꺼내 든다. 이 책을 읽으며 밥 먹어야지, 생각할 찰나 손님이 들어온다. 조금 둘러보다 그냥 나간다. 이쯤 되면 배가 고프다는 감각이 사라진다. 문 닫을 시간이 얼마 남지 않았으니 그냥 버텨보기로 한다. 사실 냉장고엔 시골에서 부모님이 보내준 사과와 토마토가 있는데 왜 안 먹고 궁상을 떨지?

지나가던 분이 들어와서 이후북스 모임에 대해 물어본다. 독서 모임 누구라독, 기승전냥, 책팅, 문장 강화, 영어스터디가 있다고 말해주니 기뻐하며 그냥 나가셨다. 기쁘셨나 보다. 그래요 다 웃자고 하는 일이죠 뭐. 저녁에는 친구들이 왔다 갔다 한다. 초반에는 책 좀 사더니 이젠 잘 안 산다. 초반에 산 책들을 다 읽지 않았을 거라는 걸 알기에 권하지 않는다. 상냥이가 퇴근하고 다시 책방으로 출근했다(상냥이는 출근을 두 번 한다). 상냥이는 회사 다니기 힘들다며 투덜거린다. 요즘 상냥이는 전혀 상냥하지 않다. '안상냥이'라고 불러야지(상냥이는 사실 안상냥이예요). 그러고 보면 내가 진짜 상냥해졌다. 아닌가요?

정산할 시간이 다가온다. 기승전냥 모임을 공지하고 정산하고 설거지를 했다. 설거지를 하던 중 커피 주문이 들어왔다. 손님들은 기다리지 않아도 오고 기다림마저 잃었을 때에도 온다(이성부 시인의 시 〈봄〉을 인용). 가끔이 지만 퇴근 시간을 넘겨 집에 들어간다. 책방일기를 마저 올리고 집으로 간다. 집에 가서는 이후북스 홍보부장들을 챙겨줘야 한다. 이후북스의 일은 끝나지 않는다.

이후북스 사용설명서

1. 책방지기가 바쁜 척해도 실은 한가하니까 책 소개를 해달라고 옆구리를 쿡쿡 찔러본다.

2. 책방지기가 추천한 책을 유심히 보고 그 옆에 있는 책도 보고 뒤에 있는 책도 보고 책방지기가 읽고 있는 책도 빼앗아서 본다. 그러면 책방지기는 자기를 좋아하는 줄 착각한다. 손님에게 잘 보이려고 음료를 무료로 줄지도 모른다.

3. 책방지기는 바쁘더라도 고양이 얘기라면 만사 제쳐두고 눈을 반짝반짝 빛내니까 환심을 사려거든 고양이 얘기로 물꼬를 튼다.

4. 책을 한 권 고르려고 왔다가 책방지기가 추천한

용달 좀
불러주세요

책을 모조리 다 집어 든다.

5. 책방지기는 돈 계산을 못하니까 결제할 때 금액이 맞는지 스스로 확인한다.

6. 책방에 재미있는 일이 또 없을까? 이후북스 SNS를 항시 주시한다!

7. 심심하면 책방에 와서 또 책방지기가 추천한 책을 열 권씩 사도록 한다. 끝(쉽죠?).

책방을 나누어 드립니다

바야흐로 휴가 시즌이다. 나도 제주도로 여행 가고 싶다. 그리운 제주. 북쪽 애월이든 서쪽 모슬포든 남쪽 공천포든 동쪽 세화 어느 곳이든 날아가 아무 생각 없이 바닷물에 발 담그고 놀다 오고는 싶지만… 싶지만… 가지 않을 테다. 가지 못한다.

소소하게 리모델링을 해야 할 것 같다. 책장을 짜 넣고 테이블 배치를 바꾸고 주방 창고에 어지러이 쌓아둔 짐들을 정리해야 한다. 벌써 그 일을 하고 있는 것 같아 땀이 난다. 사이사이 택배도 보내야 할 테고. 그래도 하루쯤은 계곡에 갔다 올 수 있지 않을까? 하다못해 영화라도 볼 수 있겠지. 이제는 영화 한 편 보는 것도 쉽지 않다. 영화제 가서 하루에 다섯 편을 보고 또 밤새워서 보았던 나는 이제 더는 그럴 수 없는 내가 되었다. 의지로나 체력으로나.

책방에서 모임을 하고 나면, 모임의 밀도에 따라 그 기분이 다르긴 하지만, 어쨌든 무사히 마쳤구나 하는 안도감이 든다. 매번 모임마다 몇 명이나 참석할지 전전긍긍하고, 포스터를 만드는 상냥이와 다투고, 새로이 준비할 무언가를 고민하고, 어떤 단어를 써야 사람들이 호기심을 느끼고 어떤 내용들을 담아야 사람들이 흥미로워할지를 생각하면서, 한편으로 '왜 이렇게 힘들게 모임을 하지? 그냥 오는 사람만 맞이하면 편할 텐데?' 싶은 생각도 든다. 하지만 한 사람이라도 책방에 들르게 해서 이런 공간이 있다는 걸 보여주고(대단한 공간은 아니지만) 이야깃거리를 나누다 보면 할 일을 했다는 생각이 든다.

독서 모임(책과 작가를 공유한다), 고양이 모임(고양이에 대한 무한 애정고백), 문장 강화(더 좋은 글을 위한 노력), 사람책(궁금했던 저자와의 만남). 참석하시는 분들의 만족도는 모르겠지만 원해서 온 모임이니 어느 정도는 즐기고 얻어가는 것이 있지 않았을까? 난 그것으로 충분하다. 그러나 모임의 피로도는 즐거움과는 별개로 찾아오기 마련이다. 모임을 줄여야 하나? 또다시 생각해보게 된다.

다음 날 출근하면 책방은 텅 비어 보인다. 사방이 책이지만 책은 보이지 않고 빈 공간만 눈에 들어온다. 점심 시간이 지나면 골목에는 점점 인적이 뜸해진다. 특히 요즘처럼 폭염이 이어지는 날은 더욱더 그렇다. 책방을 두드리면 텅텅 소리를 낼 것 같다. 책은 스스로 빛나지 않는다. 읽어주는 이들이 있어야 비로소 책은 책으로서 빛난다. 모임으로 인한 피로도는 슬슬 물러나고 나는 다시 새로운 모임을 생각한다. 여기 책방이 있다. 이곳에선 이런 모임들이 있다.

이곳은 무엇으로도 가득 채워질 수 있는 텅 빈, 그러나 가득 찬 텅 빈 공간이다. 책방을 더욱 텅 비게 만들어서 더 많이 채워야지. 그러려면 당신의 도움이 필요하다.

나는 책방을 찾는 사람들이, 얼굴도 모르는 사람들이 모여 책 얘기를 하다가 친해져서 돌아가길 바란다. 그들과 책방을 나눠 가졌으면 좋겠다.

휴가 기간 중에 할 리모델링은 별거 없다. 책장을 마련해서 책을 더 꽂을 거다. 점점 음료를 파는 데 소홀해지고 있다. 자몽을 한 박스나 사고, 최근에는 신메뉴까지 만들었는데…. 자몽으로 가득 찬 냉장고부터 비우고 싶다(책방 나눠 가지기로 했으니 가질 분들은 좀 도와주러 오세요).

작은 책방은 작은 책방대로

어제 '고양이책방 슈뢰딩거' 사장님과 소소비 작가님이 책방에 왔다. 리뉴얼 축하 선물도 받았다. 호호 좋아라. 이런저런 얘길 하다가 책방 운영 이야기를 했고, 현재 시급 1000원짜리 노동을 하고 있다며 서로 좋아했다. 좋아할 일은 아니지만(속으로는 둘 다 울었어요).

나는 최근 온라인 서점 알라딘에서 10퍼센트 할인해서 살 수 있는 책을 이후북스에서 제값 내고 거기에 택배비까지 더해서 샀다며 억울해하는 고객의 메일을 받았다. 그럼 "알라딘에서 살 수 있는 책을 왜 우리 서점에서 사나요?"라고 물어보길 원했던 건가? 여기도 책 파는 곳이다. 사실 오픈 초에 어느 분이 택배비까지 내면서 책을 구매한다기에 정말이냐고 물어본 적이 있었다. 그분은 그래도 사겠다고 해서 감사의 마음을 담아 보내드렸다. 별 도움은 안 되겠지만 감사의 마음을 담아드리고 있으니 당신 인생에 100분의 3초 정도는 행운이 있을 거예요.

작은 책방은 당연히 온라인 서점 알라딘과 비교하면 경쟁력이 떨어진다. 나조차도 할인과 무료 배송, 거기에 더해 취향을 저격하는 굿즈들이 즐비한 알라딘을 좋아했다. 소비자들에게 좋은 서비스를 제공하는 알라딘을 인정한다. 알라딘 말고 이후북스에서 책을 사게 할 어떤 이유를 만들 수 있을까 고민하다 밤을 지새우기도 했다. 우리도 알라딘처럼 할인도 하고 굿즈도 만들어서 책과 같이 줘야겠다는 답이 나왔고, 짝퉁 '알라딩'을 만들어야지 안 되겠네, 하는 우스갯소리도 했다.

책방을 열 때부터 고민했던 게 이런 거다. 할인도 하지 않는 책방에서 책을 사게끔 하려면 무엇을 해야 하는가? 100분의 3초 정도의 행운은 너무 미미하기에⋯. 그런데 이건 사실 하나 마나 한 생각이다. 알라딘과 나는 다르다. 알라딘이 장타력을 갖춘 4번 타자라면 난 패전처리 투수 감사용 정도⋯ 라면 비약이 심하겠지만, 그만큼 해낼 수 있는 일이 다르다.

작은 책방은 작은 책방대로 이 공간을 좋아하는 사람들이 존재한다. 작은 책방을 좋아하는 사람들에게 어필할 작지만 알찬 책을 구비해야지, 알라딘을 따라 하면 정말이지 내 가랑이는 찢어질 거다. 오히려 내가 추천하는 책을 알라딘에서 구매하는 것도 좋으니, 이를테면 《노란들판의 꿈》 같은 책은 알라딘이든 이후북스든 어디서든 많이 사서 보면 그만이다. 좋은 책들이 한 번이라도 더 홍보되어 어디서건 판매가 된다면 모두에게 좋은 일이지. 그러나 내가 파는 책을 알라딘에서 사라고는 말하지 못한다. 코딱지만 해도 이후북스는 책방, 책을 파는 곳이기 때문이다.

이곳에 들르는 사람들에게 한 권이라도 책이 더 잘 보이게 해야겠다.

언제까지 책방을

무더위가 이어지고 있다. 책방 주인은 더위에 녹아 사라졌다고 한다.

사실 이후북스는 시종 에어컨을 틀어서 못 견딜 정도는 아니지만 그래도 덥긴 덥다. 지친다. 책방을 열고 나서 매일매일 책방에 대해 생각한다. 당연한 건가? 이곳이 나의 생계니까? 예전에는 퇴근하면 일에 대해서는 일절 생각 안 했는데. 아무튼 책방은 나를 잠식해가고 있다. 이루어지지 않는 짝사랑을 하는 것도 같다. 매일 생각하고 기다리고 설레고 토라지고 전전긍긍한다. 언제까지 이런 짝사랑을 계속하게 될까?

최근 몇 군데의 책방이 문을 닫는다는 소식을 들었

다. 나는 책방 오픈하면서 다른 책방을 많이 탐방하거나 조언을 얻은 것도 아니라서 다른 곳의 사정을 자세히는 모른다. 지인이 "거기 문 닫는다는데?" 하며 걱정스러운 말투로 말하는 의도를 모르는 바는 아니나, 내가 걱정할 일은 아니라고 본다. 많은 가게, 책방을 비롯하여 커피숍, 라면가게, 만두가게, 피시방 등등이 생겨나고 없어지고 생겨나고 없어지는데 책방이라고 예외겠나? 경영이 어렵거나 그저 하기 싫거나 또는 다른 일을 하고 싶거나 각자의 사정이 있는 거겠지.

난 어떤 경우에 책방을 그만두게 될까 생각해보았다. 아마도 경영난 때문에? 그렇다면 내일모레 그만둘지도 몰라. 혹은 책이 꼴 보기 싫어져서? 그 이유라면 몇 년은 지속할 것이다. 책방보다 더 잘할 수 있고 잘하는 일이 생긴다면(라면가게 차린다면 대박 터트릴 자신 있다)? 책방 운영을 지금도 잘하지는 못하니까 이것도 당장에 그만둘 이유가 될 수 있겠다.

그래서 언제까지 하겠다는 것인가? 모르겠다. 영원히 하고 싶지도 않고 당장 그만두고 싶지도 않다. 최대한 오래 하려고 마음먹지도 않고, 할 수 있는 데까지 해야지 하고 결심하지도 않는다. 짝사랑은 의무감으로 할 수 있는 것이 아니다. 나는 그냥 즐기다가 계절이 바뀌는 것

을 보며, 그렇게 그렇게 가슴을 쓸며 겨우 버티다 재미없어지면 그만두겠지. 매일매일 책을 짝사랑하는 불행을 견뎌야 할지도 몰라. 지금처럼. 또는 어느 날 매몰차게 거절당하는 날, 내가 책방에서 아무짝에도 쓸모없어지는 그날 조용히 문을 닫겠다는 생각을, 왜 하는지… 참나. 당장 내일 입고할 책이 산더미고 모임 준비도 해야하는데….

가을이 오면 다시 살아나야지. 모두에게 행복한 가을. 그러나 가을은 너무 짧다.

어느 책방 주인의 속마음

여름이 지나가는 길목에서 나는 녀석을 만났다. 저녁 바람의 소란스러움과 서늘함을 안주 삼아 우린 미지근한 맥주를 들이켰다. 녀석은 불콰해진 얼굴로 내게 신세 한탄을 하겠다고 했지만 사실 어느 때보다 행복한 미소를 띠고 있었다.

"사람들은 책방 주인이면 책방에 있는 책을 다 읽었을 거라 생각하나 봐. '이 책은 어때요?' '재밌나요?' 물어보는데, 딱 봐라 여기에 책이 한두 권 있냐? 열댓 권 있냐? 수백 권이 넘어. 그리고 서가에 책 바뀌는 거 봐봐. 같은 책만 파는 것도 아니라고. 그러니까 눈이 있으면 직접 보고 판단해. 책을 보고 제자리에 못 두는 건 수전증이 있어서 그런 거야? 각 맞춰서 놓는 건 바라지도 않아. 근데 엉뚱한 곳에 두는 건 왜 그런 거야? 책방 주인 운동시키는 거야? 사실 운동 부족하긴 하지만 내 걱정하지 말고 책이나 좀 제자리에 둬. 고양이 책 옆에 크로포트킨이 어울리냐? 둘 다 아나키스트라고 주장한다면 할 말 없다만. 서가 정리는 내가 할게. 그리고 말이야, 책방에서도 음료 파는데 다른 카페서 산 음료 쪽쪽 마시며 책방 구경만 하다가 결국 빈손으로 나가는 거, 그건 예의가 아니잖아. 좋아, 그래도 버려달라고 정중히 얘기하면 괜찮아. 쓰레기를 밖에다 무단 투기하는 것보단 나으니까 참아주겠어. 근데 말이야, 버려달라고 말도 안 하고 스리슬쩍 두고 가는 건 뭐야? 책방이 '쓰봉'인 줄 알아?

또 하나 얘기할게. 스타벅스에서는 주문한 음료 셀프로 척척 가져와서는 다 마신 후에도 척척 가져다주면서 스타벅스보다 작디작은 책방에서는 왜 그렇게 손꾸락을 아끼는 거야? 덩치 큰 놈들한테는 가마니가 되면서 작은 놈들한테 대접받으려 한다니까. 그리고 과자 부스러기 좀 흩트려놓지 말고 모아둬, 버리는 건 내가 할 테니까. 제발 깨끗한 척 후후 날려버리지 말라고. 청소기 안 사줄 거면 잘 좀 해. 내 손꾸락도 소중하다고. 그리고 간혹 말 짧아지는 어르신들! 내가 몇 살로 보여? 거짓말 안 하고 내 친구 아들이 고등학생이야. 내 나이도 짐작할 수 있겠지? 내가 아무리 어려 보여도 초면에 반말 찍찍하면 안 되지. 나도 찍찍거리는 거 잘하는데 같이 찍찍거리면 고양이라도 나오는 줄 알아? 그리고 출판사든 제작자든 왜 작은 책방 무시하는 거야? 왜 우린 책 안 줘? 요건 내가 할 말이 아주아주 많아. 다음에 기회 되면 안주 삼아 아작아작 씹어줄게.”

취한 녀석은 어둠 속으로 꼬리를 흔들며 사라졌고, 나는 나뭇가지에 매달린 마지막 잎새처럼 부들부들 떨며 자리를 지켰다. 쯧쯧쯧 나는 녀석의 버릇없는 생각에 고개를 저었다. ‘한참 멀었군.’ 이후북스의 책방지기는 절대 저런 생각을 하지 않는다. 맑고 투명한 아이랍니다. 친절과 믿음으로 보답하며 투철한 서비스 정신으로 무장되어 있으니까.

고민하는 책방

아무 생각 없이 책방을 열었다고 말하고 다녔는데 그만큼 난 준비되지 않은 책방지기였다. 그런데 운영하다 보니 재미가 붙었고, 책임감도 전 회사에 다닐 때보다 많이 느끼게 되었고, 잘하고 싶은 마음도 소진되지 않고 지속되고 있다. 이대로 망해도 상관없다는 마음으로 시작한 일인데 계속 재밌게 하고 있으니 운이 좋다고 말할 수 있을지는 모르겠지만, 배고파서 들어간 라면집에서 잊을 수 없는 맛의 단무지를 먹게 되어 의외로 행복한 기분이랄까.

하지만 처음엔 없던 부담감이 점점 늘어간다. 어깨도 좁으면서 어깨에 힘이 들어가기 시작했다고나 할까.

자꾸만 더 잘해야 한다고 스스로를 채찍질하는 일이 늘어나고 있다. 문제는 그런 내 욕심이 주변 사람을 피곤하게 한다는 것이다.

반면, 좋은 효과도 있다. 작년에 책방 오픈할 때는 책방에 관련된 책을 하나도 안 읽었는데 운영을 하고 있는 지금은 더 공부하듯이 책방에 관련된 책을 읽고 있다. 그다지 도움이 되는 건 없었지만 각오를 다지고 고민하게 만드는 데는 한몫했다. 책방에 대한 고민보다는 고민하는 책방으로 움직이고 싶다.

책을 운영하면서 많이 받는 질문은 "왜 책방을 열었냐?" "왜 이곳에 책방을 열었냐?" "수입은 어떻게 되느냐?" "어떤 손님들이 오느냐?" 그리고 "책은 어디서 어떻게 받느냐?" 등이다. 아무래도 책방을 어떻게 열었는지, 과연 유지는 되는지가 궁금한가 보다.

책방으로 찾아와 직접 물어보면 내 불성실한 태도에 당황할 것이니 부록을 참고하는 편을 추천한다(미리 언질도 없이 찾아와 알려달라고 하면 저도 좀 곤란합니다. 한가해 보이지만 바쁘거든요).

내 경우가 그래서일지는 모르겠으나, 책방 운영을 준비하거나 마음에 품고 있는 분들이 아주 거창하게 준비할 필요는 없다고 생각하지만, 또 근처의 '사적인 서점'처럼 잘 준비된 곳을 보면, '역시 준비된 곳은 다르네'라는 생각도 한다. 책방이라는 불확실하고 불안한 공간을 꾸리려면 뭐라도 알고 시작해야겠지. 나처럼 맛있는 단무지를 발견한 것에 만족하라고 할 수는 없는 노릇이잖아.

그리고 보니 많이 받는 질문이 하나 더 있는데, "요즘 왜 이렇게 책방이 많이 생겨날까요?"이다. 각자 책방을 차린 이유를 내가 일일이 아는 것도 아니니까 뭐라 딱히 해줄 수 있는 말은 없지만 어쨌거나 새로운 책방이 생겼다면 관심을 가지고 들러보면 좋겠다. 가까운 곳에 가서 '어떤 인간이 요즘 세상에 돈도 안 되는 책을 팔지?' 하는 의심스러운 눈초리를 하고, 한편으로는 안쓰러운 마음을 가지고서 기대 없이 그곳에 가길 바란다.

내가 요즘 제일 두려운 건, '이곳은 과연 어떤 곳일까? 얼마나 좋은 책이 많을까? 또는 여기가 그렇게 특별하다는 책방인가?' 하는 기대다. 당연하지만 난 모든 손님들의 기대를 다 충족시킬 수 없고, 책방은 그렇게 이상적인 공간도 아니다. 책방은 그저 책이 있는 곳일 뿐. 당신이 읽고 싶거나 또는 그렇지 않은 책이 있는 곳일 뿐. 기대 이상의 책이 있을 수도 없을 수도 있는 그렇고 그런 공간이다. 아, 이건 내가 내게 하는 말이구나. 나야말로 요즘에 자꾸만 책방을 구름 위로 띄우려고 애를 쓰는 것 같다. 이후북스는 작고 느리고 약간 모자란 것이 매력이다!

고르게 가난한 책방

며칠 전에 또 책방을 내고 싶어 하는 분이 찾아왔다. 찾아왔는지 그냥 지나다가 책방이 있어서 들어왔는지 확실치는 않다. 아무튼 책방을 내고 싶어 하는 분이었는데, 독립출판물과 일반 단행본의 수급과 판매에 관해 물어 왔다. 책의 수급과 판매에 관한 노하우가 있다면 많이 알려드릴 텐데, 사실 그런 게 없다. 이후북스는 이제 고작 4개월째 접어들었고, 나나 상냥이나 책방 운영은 처음이다. 여전히 한 권도 팔리지 않는 책들이 있다. 처음엔 소규모 출판사에 일일이 연락을 했는데, 이제 총판과도 거래한다. 가능하면 직거래를 하겠지만 직거래가 안 되는 곳은 결국 총판을 이용해야 하기에. 이렇게든 저렇게든 책이야 취향껏 혹은 베스트셀러 위주로 받으면 되지만 중요한 건 역시 판매 수익이다. 그래도 먹고살자고 하는 짓인데, 밥벌이는 되어야 하지 않겠나.

그분에게 남는 게 별로 없다고 말하자, "역시 그렇죠?"라며 알고 있다는 듯이 대답한다. 얼굴엔 '그래도 열고 싶어. 나도 책방을 열고 싶어'라고 쓰여 있다. 열고 싶으면 열어야지!! 개인적으로 책방이 많이 생겨나는 게 나는 좋다. 서로 다른 색깔을 가진 책방이 곳곳에 있다면 재미있을 것 같다(고양이책방 슈뢰딩거가 옆에 있었으면 좋겠다). 물론 돈벌이는 안 될 것이다. 그렇다면 모두 가난하게 사는 거지. 이렇게 이계삼 선생님이 쓴 《고르게 가난한 사회》가 책방을 통해 완성되는 것이다.

모두 다 책방을 여세요. 같이 가난해집시다. 그리고 책방 운영 노하우가 있다면 저 좀 알려주세요.

자신의 자리를 고집하지 않고

손님이 많이 몰리면 조금 진땀이 난다. 한꺼번에 커피를 시켜도 진땀이 난다. 혼자서 책 계산하랴 커피 내리랴 정신이 없다. 다행인지 불행인지 한꺼번에 손님이 많이 몰리는 날은 드물다. 오늘은 약속이나 한 듯이 드문드문 아니, 차례차례 손님들이 찾아와주었다. 그래서 편안히 손님을 맞이했다. 시간도 훌쩍 지나갔다. 못다 한 일이 남아 있긴 했다. 하려고만 들면 정말 끝도 없는 일의 연속이지만, 그날그날 적당히 넘어가고 있는 것 같다.

그런데 더 이상 미룰 수 없는 일이 있다. 책 놓을 공간을 마련해야 한다. 이제 테이블을 제외한 거의 모든 공간에 책이 빼곡히 놓여 있다. 새 책을 차 마시는 테이블에 올려놓아야 할 판이다. 책장을 맞추는 건 6월 이전의 계획이었는데 미적거리다 6월이 지나고 이제 7월이다. 책이 쉼 없이 들어오는 걸 감안했을 때 그동안 입고된 책들이 다 어떻게 놓였는지 의아할 정도다. 책을 겹쳐놓은 건 아닌데…. 책들이 조금씩 자신의 몸집을 줄여가며 뉴페이스를 받아들였다는 것 말고는 답을 찾을 수 없다.

"오늘 들어온 책은 인터뷰 잡지군. 세상에 자기 목소리를 내는 사람들의 얘기를 듣는 건 중요하지! 내가 엉덩이를 좀 치워줘야겠군."

그렇게 고양이 책은 인터뷰 잡지에게 자리를 내어주고.

"안녕, 난 여행 에세이야!"

"오, 에세이 친구! 여행 다니느라 피곤했지? 내가 다리를 좀 움츠릴 테니 여기 와서 앉아!"

인터뷰 잡지는 에세이에게 자리를 양보한다.

책은 자신의 자리를 고집하지 않고, 각자의 크기로 횡포를 일삼지 않으며, 서로의 가치에 대해 시비 걸지 않는다. 아무렴, 오늘도 책들은 사이좋게 지낸다. 이처럼 책방은 평화로운 공간이다. 갑자기 손님이 몰려와 내 정신이 나가버리지만 않는다면….

팔리지 않는 책에 대한 미안함

주말에 정산을 했다. 정산은 상냥이가 한다. 평일에는 상냥이가 바쁘니까 주말에 하라고 엄청 들볶았다. (이후북스가 '칼정산'으로 명성을 떨친다면 그건 모두 상냥이의 공입니다.)

난 손님도 별로 없고 해서 빈둥거렸다. 그러면서 생각했다. 책을 꾸준히, 고르게 팔려면 어떻게 해야 할까?

책방엔 잘 팔리는 책과 많이는 아니더라도 꾸준히 팔리는 책, '가아아아안~혹' 팔리는 책, 전혀 팔리지 않는 책이 있다. 많이 팔린 책의 제작자에게 정산 내역을 보낼 땐 나도 기분이 좋지만, 팔리지 않은 책은 고스란히 걱정과 미안함으로 차곡차곡 내 마음 한편에 쌓인다.

나도 취향이 있으니 애정이 가는 책을 더 소개했겠지만, 내 취향 따위는 신경 쓰는 않는 손님이 더 많다. 잘 팔린다고 베스트셀러니 뭐니 하며 소개하고 싶지도 않고, 팔리지 않으니 사라고 강요할 수도 없다. 나와 취향이 맞는 손님을 골라 받을 수도 없는 노릇이다. 그렇다고 '팔리고 안 팔리고가 내 탓인가?' 하며 손 놓고 있을 수도 없다. 그래서 생각에 생각을 거듭하였으나… 결국 꾸준히 고르게 파는 방법을 생각해내지 못했다.

　　한 권이라도 팔리면 정산 내역을 메일로 보내는데 한 권도 안 팔린 경우 연락하지 않는다. 그러나 책은 무사히 책방에 있습니다. 매일 책에 앉은 먼지를 닦고 모든 책의 전면을 노출시키고 있습니다. 어쩐지 작아지는 기분이군요.

소심한 주문

오랜만에 ○○출판사에 연락해서 책을 주문했다. 그 출판사는 매절(반품을 하지 않는 조건으로 출판사에 일정 값을 치르고 책을 구입하는 방식)이 원칙이라 신중하게 책을 골랐다. 나의 취향과 이후북스를 찾는 소수의 취향을 어느 정도 고려했다. 고려하였지만, 매입은 늘 쉽지 않은 일이다. 사놓고 안 팔리면 어떻게 하나 전전긍긍하게 된다. 내가 얼마나 소심한지 깨닫게 되는 순간이다.

얼마 전 고양이 플립 북flip book을 주문할 때도 그랬다. 세 권을 사야 하나, 네 권을 사야 하나 엄청 고민했다. 매번 한 권을 더 사고 덜 사는 것이 마치 이 세상에서 내가 풀어야 할 가장 큰 문제인 양, 숫자 1과 2에 얽매인

다. 결국 플립 북은 종류에 따라 각각 세 권과 다섯 권을 주문했다. 그리고 SNS에 입고 소식을 알리자마자 동이 났다. 아, 소심한 나로 인해 더 소심해지려 한다.

 ○○출판사의 책은 개인적으로 다 좋아하는데 지난번 매입한 책들도 아직 팔리지 않고 있다. 그래서 이번엔 팔리지 않을 것을 고려하여 두 권도 아니고 한 권씩 사기로 했다. 주문을 위해 출판사에 전화를 걸었다.

 "하한궈어언 주세요."

 "네? 몇 권이요?"

 "한궈어언이요."

 "한 권이요? 한 권 맞아요?"

 "네. 한 권 맞아요."

 내 목소리는 왜 작아지는가. 당당해도 되는데!

 "한 권 달라고요!!"

 여기에서나마 외쳐본다. 어차피 안 팔리면 다 내꺼(○○출판사의 직원은 제가 한 권을 주문했다 하여 무시하거나 조롱하는 목소리는 아니었습니다. 좋은 분이세요).

고양이 사료값을 벌었네

만 원 정도 되는 책을 열 권 팔면 내게 삼만 원이 남는데, 오늘은 청을 두 병 팔아 사만 원을 남겼다. 음식 장사가 이렇게 남는 장사다. 주변에선 커피와 음료를 더 홍보하라고 한다. 더 더 홍보하라고 한다. 책방 앞에 크게 써 붙이고 SNS에도 음료 사진을 더 많이 올리라고도 한다. 직접 볶은 커피콩으로 핸드드립을 내리고 직접 담근 수제청으로 만드는 에이드와 차라고 더 더 더 더 홍보하라고 한다. 그러면 물론 오늘처럼 음료로 더 많은 수익을 내겠지. 더군다나 책 열 권을 파는 건 얼마나 어려운 일인가? 사람들은 책을 좋아하긴 해도 책을 사기 위해 지갑을 여는 건 어려워하고, 지갑을 열어도 알라딘에 열지(알라딘에 아무 감정 없습니다) 오프라인 책방에 지갑을 여는 데는 상당히 까다로운 기준을 적용한다. 이 책을 꼭 지금 사야 하는 이유가 있거나, 이 책은 여기 아니면 사기 어렵다는 생각이 들 때 책을 산다. 책방에는 독립출판물이 많은데, 아직 독립출판물에 대해 낮은 평가를 하는 사람들도 많아서 판매가 잘 되는 건 아니다. 기성출판물이라고 상황이 더 나은 건 아니다. 한강 작가의 책이 맨부커상을 받아 베스트셀러가 되어도 동네 작은 책방에서 하루에 열 권씩 팔리진 않는다(물론 서점마다 상황이 다르겠지만, 이후북스는 그렇다).

음료를 많이 팔아 수익이 나는 것도 좋지만 나는 책을 많이 팔고 싶다. 책을 많이 팔아서 수익을 내고 싶다. 그렇다고 책을 많이 팔기 위해 음료를 할인해준다든가 음료를 많이 팔기 위해 책을 할인해주고 싶지도 않다. 둘 다 그만큼의 노력과 노동력으로 만들어진 결과물이기에 정당한 대가를 받고 싶다. 음료가 책방의 미끼 상품이라든가 판매를 위한 나름의 수단이 되겠지만, 나는 되도록 아무 할인 없이 팔 것이다. 그렇다고 혜택이 없는 건 아니다. 쿠폰 열 번 찍으면 음료 한 잔 주고, 가볍고 쓰기 편한 이후북스 초성노트를 선물로 주는데…. 그리고 더 많은 굿즈를 만들 예정이니 이 얼마나 다양한 판매 전략으로 똘똘 뭉친 책방인가!는 내 생각이고, 정말 좋은 아이디어로 다양한 일들을 재미나게 벌이는 작은 책방이 많이 있다. 이후북스도 의아하고 조잡하고 종잡을 수 없는 일을 벌이는 책방이 되어야지.

책방 운영 6개월 차에 깨달은 건 책보다는 먹을 걸 팔아야 많이 남는다는 사실이다. 그래도 난 책을 많이 팔고 싶다. 꾸준히 책을 팔면서 하고 싶은 거 다 하고, 책의 향기를 맡으면서, 책을 퍼트리며 살아야지. 세상에 돈보다 더 중요한 것이 있다는 것을 많은 사람들이 알고 있으니까. 물론 돈도 매우 중요하다. 고양이 키우면서 고양이 사료도 못 먹일 만큼 무능해서야 되겠습니까?

이후북스는 오픈한 지 6개월이 되었는데 책방 운영이 어렵다 어렵다 해도 찾아주시는 분들이 (신기하게도) 있어서 그동안 굶지 않고 먹고살 수 있었다는 것에(고양이도 안 굶겼어!) 감사의 마음을 전하며 오늘의 책방일기를 마쳐야겠다.

고맙습니다. 내일도 찾아주세요.

미약한 친절

　나흘을 쉬고 문을 연 책방. 다들 문 열기만을 기다려 책방이 미어터지도록 손님이 들락날락할 리가 없지, 그래도 많이들 찾아줘서 좋았다.

　책방 오픈 이래 나흘을 쉰 건 처음이었다. 나흘 동안 한 번도 책방에 들르지 않았다. 쉬는 날에도 잡다한 일로 잠깐씩은 들러서 일을 보곤 했는데 이번 휴무에는 책방 일에서 완전히 손을 놓았다. 재료 준비도 안 했고, 책소개도 안 했고, SNS, 블로그에 아무런 소식을 올리지 않았다.

　고향에서 푹 쉬고 올라와 책방 문을 열었다. 나흘 동안 사람들이 이후북스를 잊어버렸을 것 같은 걱정에

시달렸는데 생각보다 손님이 많았다. 그중에서 나무지기 님이 기억에 남는다. 나무지기 님은 이후북스에 많은 관심을 가지고 언제나 응원해주어 궁금했던 분이다. 김천에서 카페를 운영하는데 책방에서 만나니 반갑고도 신기했다.

가끔 먼 지방에서 일부러 찾아오는 분들이 있는데 너무 신기하다. 물론 이곳만 들렀다 가는 건 아니겠지만 서울의 많고 많은 카페와 책방 중에 하필 이후북스에 들르는 건 여기가 너무 좋아서겠지?! 아니면, 이후북스는 좀 모자란 애가 운영을 한다더라, 구경 가자, 이런 걸지도(이게 진실이네요).

책방에 와서 '블로그 잘 보고 있다' 'SNS 팔로워다' 'SNS 친구다'라고 말해주면 제가 책값을 할인해드리지는 못하고 음료 많이 드려요. 이후북스 초성노트도 드려요. 먼 곳에서 찾아주신 분들에겐 뭐라도 더 해드리고 싶은데…. 뭐가 좋을까? 아, 두뇌를 또 풀가동해보자. 내 두뇌는 작동이 안 되는 날이 더 많지만.

오늘은 상냥이에게 배운 게 있다. 책방에 들어와서 두리번거리다 아무 말 없이 나가는 손님들이 있는데 속으로 '이따위가 책방이야?'라고 생각하는 것 같아 나도 굳이 인사하지 않았다. 오늘도 한 손님이 둘러만 보고 나갔는데 상냥이는 친절하게 "안녕히 가세요"라고 인사를 하더라. 그러자 손님은 또 오겠다며 활짝 웃었다. 그 장면을 본 나는 '아, 상냥이처럼 인사해봐야지' 했지만, 장담은 못 하겠다.

고양이 키우는 걸 반대하는 엄마가 고양이 잔소리만큼 많이 하는 말이 있는데, 무뚝뚝한 딸이 남들에게 욕 얻어먹을까 싶어 "너도 좀 상냥이처럼 친절해봐라"는 것이다. 고양이 걱정은 못 덜어드려도 그 걱정은 좀 덜어드려야지. 엄마 딸도 친절해서 손님들에게 칭찬 많이 받습니다~.

책방을 찾아주시는 한 분 한 분을 (나쁜 머리로) 대부분 기억하고 있는데(그럴 거라고 믿고 있다. 6개월이 되니 좀 아리송한 분들도 있긴 한데) 정말 고맙다. 추석이니까 고마운 마음을 전해야겠다. 들었겠지?! 더불어 책방에 자주 오라는 내 목소리를? 내년 추석엔 송편 나눠 먹어야겠다(그때까지 영업하고 있겠지).

책방 (바보) 일기

아침에 커피를 볶았다. 볶은 원두는 과테말라와 에티오피아 시다모. 커피 볶는 날은 평소보다 두 시간 일찍 일어나야 한다. 피곤해서 일어나기 힘들었지만 장사는 해야 하니까.

책방 문을 열고, 커피는 커피 통에 넣고, 주방 정리하고, 바닥 쓸고 닦고, 책 주문하고, 이거 하고 저거 하다 '아, 커피 마셔야지' 생각이 나서 아침에 볶은 커피를 내리려는데, 커피가 어디 갔는지 보이질 않았다. 분명 커피 통에 넣었는데 어디 갔지? 가방에서 안 꺼냈나? 가방을 뒤져보고. 차에서 안 꺼냈나? 차 안을 또 뒤져보고…. 그래도 보이질 않았다. 책 선반에 올려두었나? 냉장고에 넣었나? 여기저기 뒤졌는데 어디에도 없었다.

화장실에 다녀온 사이(큰일을 보아서 시간이 오래 걸렸음) 누가 왔다 갔나 의심이 들기 시작했다. 그래서 얼른 돈 통을 열어보았다. 다행히 돈은 그대로 있었다. 책을 가져갔나? 아침에 정리한 그대로였고 흐트러짐은 없어 보였다.

돈도 그대로고 책도 그대로고 어떤 놈이 다녀갔는지 그놈 참 이상한 놈이네. 무슨 책방에 와서 커피를 가져가냐? 여기가 무슨 대단한 커피전문점의 루왁커피도 아니고…. 독특한 도둑 새끼가 다녀갔다고 생각했다. 분명 돈을 훔치려다 내가 화장실에서 나오는 인기척이 들리니까 당황해서 얼렁뚱땅 손에 집히는 커피를 가져간 거라는 결론을 내렸다.

집에 오니 소파 위에 커피가 있었다. 혼자 뭔 생각을 했는지(독특한 도둑 새끼 궁금했는데). 커피는 결국 팔지 못했는데 다행인지 불행인지 커피를 주문하신 손님이 한 분도 없어서 장사에 아무런 문제가 없었다. 조금 억울했다고나 할까, 다행이었다고나 할까(내가 웃는 게 웃는 게 아니야).

하루 종일 손님이 워낙 없어서 30분 일찍 퇴근하려 했다. 가방을 챙기고, 재활용품을 버리고, 가는 길에 마시려고 만든 에이드를 손에 들고, 불을 끄고 간판을 들여놓으려는데, 손님 한 분이 조심스레 문을 열고 들어왔다.

나에게 모임지기냐고 물어오는데 조금은 이상했지만 이후북스는 모임이 많으니까 뭐, 모임지기라고 불리지는 않지만 책방에 상근하고 있다고 말하고서 다시 불을 켜고 짐을 내려놓으며 9시까지 영업하니까 둘러보고 가라고 했다.

그런데 왜인지 책은 보지 않고 가만히 앉아 있었다. 노래도 다 끈 상태라 켤까 말까 켤까 말까 고민하다 둘 사이에 정적만 흐르니까 켜야지 마음먹었는데, 갑자기 손님이 "너무 일찍 왔나요?"라고 묻는 것이 아니겠는가? 왱? 남 퇴근할 때 와서는 "일찍 왔나요"라니?

알고 봤더니 이후북스가 아니라 지하에 있는 심리학 카페에 모임이 있어서 온 분이었다. 손님은 얼른 나갔고, 나도 다시 불을 끄고 가방 메고 바리바리 짐을 챙겨 들고 나왔다. 안녕, 나의 마지막 손님 아닌 손님아. 결국 정시에 퇴근. 퇴근은 (눈물을 삼키며) 즐겁게 했다.

생각을 먹어볼까

나는 요즘 생각을 너무 많이 하는 것 같아, 생각 좀 하지 말아야지, 하면서도 계속 머리를 굴리고 있다. 대부분이 책방 일에 관한 거다. 사람을 만나면, 저 사람과 책방에서 할 수 있는 재미난 일이 없을까? 생각하고, 대화 중에도 생각의 절반 이상은, '책을 어떻게 많이 팔지?' 궁리를 하고 있다. 사람들은 내 눈과 머리에서 책이 동동 떠다니는 걸 볼 수 있을 것이다.

처음에 책방을 열고자 했을 때, 그러니까 9개월 전인데, (놀랍게도) 어떤 책방을 만들어야겠다는 기본적인 생각도 없었다(그래서 지금 이렇게 생각을 하는 거다). 나는 책을 좋아하고 세상에 재미있는 책은 많이 있다. 그 책들을 알려주면서 나도 돈을 버는, 맛동산에 달라붙은 땅콩 부스러기처럼 조그마하지만 달달한, 이 사이에 끼면 잘 떨어지지 않는 끈적거리는 욕망이 있었다.

최근에 《탐방서점》과, 로컬숍 연구 잡지 《브로드컬리》 2호로 나온 《서울의 3년 이하 서점들》에 실린 인터뷰를 읽어보았는데, 아마 책방을 열기 전에 이 책들을 읽었다면 책방을 여는 것에 대해 심사숙고했을지도 모르지만, 이럴 수가 이미 열어버렸네!(그리고 3호에는 내가 나와버렸네!!)

기존 서점을 뒷조사한 것도 아니었기에, 그렇다고 서점 일을 한 적도 없었기에 1도 모르는 상태에서 뭘 믿고 시작했을까? 역시 생각이 없었던 게 책방을 여는 데 결정적인 역할을 한 것 같다.

어쨌든 아무것도 모르는 상태에서 (아장아장) 걸음을 뗐다고밖에 할 수 없다. 직거래가 가능한 출판사를 하나하나 물색하고 모임을 조성하고 꾸준히 음료도 만들고 쉬지 않고 SNS로 소식을 올리고 매일 책을 팔고 돈을 계산하고 돈 계산 못해서 머리를 쥐어뜯으며 어찌어찌 한 번의 적자도 없이 그다지 싸지 않은 월세를 내면서 밥값도 벌고 있다고, 매일 자정이 넘으면 내가 한 일을 자화자찬하며 늘어놓는데 들어주는 건 고양이밖에 없네.

요즘 고민이 더욱 깊어지는데, 처음에는 아무것도 몰라서 어찌어찌 시작했다고는 하나 어쨌든 지속 가능한 책방이 되기 위해서 추구해야 할 방향과 이후북스만의 색깔을 가지고 싶어서다. 지금도 훌륭하다고 라면에 들어가는 건더기만큼 생각하지만 이왕이면 인간 따위 말고 고양이에게 인정받는 최초의 책방이 되고 싶은 욕망(은 고양이서점 슈뢰딩거가 있으니 접어야겠네).

하여간 생각을 너무 많이하는 탓에 일의 추진력이 떨어져버린다. 그래서 생각하지 말아야지, 생각을 하고 있으니 결국 생각을 또 하게 되고, 어느 날은 생각만 하다 하루를 다 써버리기도 한다. 사실 이번 주는 유독 손님이 없어서 더욱 생각을 많이 하게 되었지만.

생각 1. 어디까지 책을 받을 것인가.

생각 2. 어디다가 책을 둘 것인가.

생각 3. 어디서 팔 것인가.

생각 4. 어떻게 팔 것인가.

생각 5. 어떤 책을 팔 것인가.

생각 6. 어떤 이들을 오게 할 것인가.

생각 7. 다수에게 다수의 책을 팔려면.

생각 8. 어디서 받은 책을 어디다 둬서 어디서 어떻게 어떤 이들에게 많이 팔 수 있을까.

생각 9. 어떤 생각도 하지 말자는 생각.

생각 10. 생각하지 않으려고 생각하는 것 같은 생각.

생각 1이 나타났다, 생각 2가 나타났다, 생각 4와 7
이 합체했다, 생각 5, 6, 3이 등장하고 생각 1, 4, 7이 힘
을 합치기도 한다. 그러다가 생각 8처럼 완전체의 생각이
들기도 한다. 아, 맛동산 부스러기 같은 자식들. 냠냠.

하나의 페이지가 되고 싶다

다시 태어난다면 고양이로 태어나고 싶다. 그 유연함과 민첩함을 닮고 싶다. 네발짐승의 안정감을 가지고 싶다. 야생의 본능을 지니고 싶다. 부드러운 털을 가지고 싶다. 무심한 표정을 장착하고선 뜬금없는 애정을 선사하고 싶다. 타고난 조심성과 숙면의 기술을 터득하고 싶다.

그런 다음 다시 태어난다면 책장이 되고 싶다. 투박하지만 섬세한 손길을 가진 목수가 어르고 달랜 든든한 책장. 온몸으로 책을 품고 싶다. 피톤치드를 내뿜으며 주변을 상쾌하게 만들고 싶다. 단단하고 흔들림 없는 형태로 서고 싶다. 누구든 기댈 수 있는 크기의 편안한 책장이 되고 싶다.

그리고 또다시 태어난다면 페이지가 되고 싶다. 글자와 그림과 사진을 받아들이고 싶다. 여백을 가지고 싶다. 여러 페이지와 한데 어울려 의지하고 싶다. 그중에서 가장 넘기기 어려운 페이지가 되고 싶다. 당신의 시선을 온몸으로 받고 싶다. 찢어지기 쉬운 가벼운 상태가 되고 싶다.

마지막으로 다시 태어난다면 문자가 되고 싶다. 무엇으로도 바뀔 수 있는 하나의 상상력이 되고 싶다. 당신과 당신이 주고받는 언어의 형태이고 싶다. 가장 솔직한 이름이고 싶다. 존재하지 않는 가장 실재적인 의미이고 싶다.

책방을 운영하다 보면 이런 잡생각을 하게 되지요.

나만큼의 책방

올해의 마무리를 어떻게 할까? 난 마무리하지 않는 것으로 마무리를 하고자 한다. 아니면 책방일기로.

책방은 여느 때처럼 시간이 흘러갔으며 올 손님은 오고 안 올 손님은 안 왔다. 이렇게 당연한 말을 내뱉는다는 건 별로 할 말이 없다는 건데, 꼭 할 말이라는 게 있어서 책방일기를 썼던 건 아니니까.

솔직히 올해가 벌써 다 지나갔다는 게 실감이 나지 않는다. 인생을 통틀어 가장 빠르게 보낸 한 해였다(나이 들수록 그렇다지만). '이제 두 계절 정도 지났으려나' 싶은데…. 매일매일을 바쁘게 지낸 것 같진 않은데 심적으로, 재정적으로 여유가 없었다.

책방을 열기 전에는 주변에 휩쓸리듯 살고 남들의 기대치에 부응하기 위해 없는 능력을 강구했다면 책방을 연 후에는 나에 대해 많이 생각해보고 내 상황이나 역할을 고민했다. 내가 할 수 있는 만큼을 했다. 지금의 책방이 딱 그만큼으로 드러나 있겠지. 이곳의 부족함이나 모자람은 딱 나의 부족함이나 모자람일 것이다. 1을 했는데 10의 영광을 얻은 것도 아니고 10을 했는데 1의 보상만을 얻었다고 억울해할 것도 없다.

순간순간 아쉬움은 있었지만 올해의 마지막 날, 더는 아쉬움이 남질 않는다(작년에는 매우 아쉬웠지). 내가 원하는 것을 좇았고 내 역할에 충실한 것으로 만족하고자 한다(안 하면 어쩌겠는가. 이미 한 해가 다 지나간 것을).

새해 계획들을 속속들이 새로 세웠는데 그중 얼마나 실행할지는 모르겠다. 우선 올해 못한 것을 이어서 해야겠지. 그리고 처음 책방을 열면서 생각했던, 경쟁하되 페어플레이를 하고, 나를 혹사시키지 말고, 주인 없는 책방을 만들 것이며, 좀 더 재미있고 의미 있는 일들을 벌이고, 책방일기처럼 책방도 흥미진진하게 꾸며보자. (책방일기가 재밌다고 세뇌하는 중이다.)

작은 책방을 유지할 수 있게 도움을 주신 많은 분들에게 감사한다. 한 분 한 분 이름을 불러드리고 싶지만 우리는 이름을 모르는 사이. 주마등처럼 스치는 얼굴들을 새긴다. 31일에 방문하시어 이름을 알려주시면 삼행시를 지어드립니다. 뭐 이런 쓸데없는 이벤트라도 해야 마지막 날 손님이 오려나. 말 나온 김에 정말 해야겠다. 이제나저제나 책방은 장삿속. 다 재밌자고 하는 거지 뭐.

초스피드 책방일기

금요일

책방에 사람이 없으면 바보짓을 한다. a라는 책을 잘 보이게 하기 위해 빼 든다. b와 자리를 바꾼다. 그렇게 몇 권 위치를 바꾼다. 그리고 b를 다시 빼 든다. a의 자리에 둔다. a는 b의 자리로 간다. 그러면 결국 제자리로 돌아오는 것이다. 이런 짓을 자주 한다.

토요일

책장 맨 위 칸에는 내가 읽은 중고책이 있는데 손님이 그중 한 권을 빼 들었다. 훑어보다가 책 사이에 사진이 있다며 내게 보여주었다. 도저히 나라고 생각하기 어

려운 촌스러운 인간이 있어서 "누구지?" 하며 아닌 척하였다.

일요일

피자집에서 일하는 친구가 피자 쿠폰을 보내줬다. 이후북스 쿠폰을 다 찍어 오는 사람에게 선물로 준다고 SNS에 올렸는데 그 주에 열 번 찍은 쿠폰을 가져오는 사람이 아무도 없어서 영어스터디 멤버들과 같이 시켜 먹었다. 어쩐지 씁쓸한 맛이 나는 피자였다.

월요일

어제부터 인테리어를 한다고 공지했는데 사실 별거 없다. 책장 하나 들여놓을 뿐. 제발 기대하지 말아주기를. 더군다나 새로 산 건 앵글선반인데, 어제 설치하고 나서 책방이랑 너무 안 어울려서 뒷목을 잡고 말았다. 상냥이에게 잔소리를 한 바가지 들었다. 어떡하나? 인테리어는 산으로 가고 있다. 여름이니까 바다로 가고 싶다. 웽?

그리고 저녁에 해남에서 올라온 아는 언니들을 만나서 치킨을 먹고 헤어졌는데 언니가 직접 수확한 호박을 하나 주었다. 요즘 밥을 잘 해 먹지 않아서 호박 따위는 살 생각도 없었다. 이걸 언제 요리해 먹지, 하는 생각을 했지만 하나 정도는 뚝딱 먹을 수 있을 것 같다. 집에 엄마가 보내 준 감자랑 김치 무말랭이 깻잎은 언제 다 먹지? 책방 일은 더 이상 부지런히 하지 말고 집에 있는 음식이나 부지런히 먹어야겠다고 생각했다. 음식을 남기면서까지 해야 할 중요한 일이 뭐가 있겠나?(그렇지 않나요?)

화요일

월말이라 정산을 했다. 최첨단 결제 시스템과 회계 프로그램을 갖출 리가 만무한 이후북스는 정산일이 다가오면 돈 계산을 하다가 뇌가 너덜너덜해진다고 합니다. 그리고 책에는 발이 달렸는지 재고를 셀 때마다 수량이 맞지 않는다. 책이란 녀석은 분명 나를 골탕 먹이기 위해 사악한 일을 꾸미는 게 틀림없어. 미워해야지. 다 팔아버릴 거야. 내 눈에 안 보이게 다 사 가세요~. 얼른 얼른.

책방 예찬

설 연휴가 시작되었네요. 귀성길 귀경길 지루하지 않게 노래를 만들어보았습니다. 가사만 있으니 음은 각자 붙여서 불러보도록~.

〈책방 예찬〉

책방으로 오세요,
실패한 예술가여
책방으로 오세요,
오늘보다 어제가 화려했던 사람들이여
책방으로 오세요,

번트에 익숙한 4번 타자여
책방으로 오세요,
고양이 꼬리를 달고

책방으로 오세요,
붓이 없는 화가여
책방으로 오세요,
드럼 스틱을 입에 물고
책방으로 오세요,
맞춤법을 틀리는 편집자여
책방으로 오세요,
난독증에 걸린 서평가여

책방으로 오세요,
손가락이 부러진 키보드 워리어여
책방으로 오세요,
구멍 난 모자를 쓰고
피칸 파이를 돌리며
짜장면 그릇에 단무지를 얹어 주는
책
방

으

로

오세요,

오백 원을 받고 천 원을 거슬러 주는

책방으로

오전 아홉 시에 간장치킨을 시키는

책방으로

프롤로그에 범인을 밝히는 추리소설처럼

세상 뻔한 책방으로

모른 척 들어오세요.

우리는 서로의 이름을 모르지만 서로의 페이지를 채
울 거야~ 라라랄라

굶어 죽지 않으면 다행인 책방~

굶어 죽지 않으면 다행인 책방~•

• 이 글은 서귤 작곡, 이내 편곡의 노래 〈책방 예찬〉으로 재탄생되었습
니다.

책방에서 낮잠 자는 몇 가지 방법

바람이 많이 불었지만 오후 햇살은 따사로웠고 책
방지기는 식물이 된 것처럼 광합성 작용을 시작한다. 광
합성 작용 결과 식물은 산소를 배출하지만 난 졸음을 쏟
아낸다.

책방은 조용하고 따뜻하고 손님도 없고 낮에 왔던
친구는 밥만 먹고 가버리고 나는 배가 부르고. 그러나 잡
무가 있으니 잠들지 않으려 노오력한다. 손님은 언제 들
어올지 모른다. 하지만 손님 대신 잠이 먼저 찾아온다.
그렇다, 책방에 쏟아지는 건 손님이 아니고 잠이다.

책을 한 권씩 빼서 바닥에 촥촥 깐다. 그 위에 눕는
다. 두껍고 딱딱한 책은 목침 삼아 벤다. 경추가 펴지고

머리에 혈액순환이 되는 기분이다. 가장 좋아하는 책을 배 위에 올린다. 잠이 든다. 책을 많이 파는 꿈을 꾼다. 행복하네. 하지만 이건 환상. 책방에서 이렇게 잠을 대놓고 잘 수는 없다.

그럼 나는 어떻게 자느냐? 아니 책방에서 정말 잠을 자냐고?! 당연한 소리! 난 투철한 판매 정신으로 날밤 새우고 와서 눈이 천근만근 무겁더라도 꾹꾹 참는 그런 초인은 절대 아니다.

방법 1. 너무 졸릴 때는 가벽 뒤에서 잔다. 하지만 가벽 뒤로 숨어버리면 책방에 아무도 없는 것으로 알고 손님들이 나가버린다. 아니, 들어오기나 했을까? 내가 못 보니 알 수가 없다. 그래서 이젠 가벽 뒤에서 자진 않는다. 상냥이가 있으면 그땐 가벽 뒤에 들어가곤 한다. 하지만 평일엔 주로 나 혼자니까. (내가 잤는지 안 잤는지 아무도 모를 거야. 근데 내 입으로 말했네.)

방법 2. 계산대 위에 노트북을 올리고 그 뒤에 앉는다. 그러면 얼굴이 보이지 않는다. 이제 무거운 눈을 감으면 된다. 나는 항시 모자를 쓰는데 손님들은 뾰쪽 튀어나온 모자를 보고 사람이 있다는 걸 알 수 있다. 그러면 손님들이 아무도 없네, 하며 나갈 일은 없다. 하지만 얼굴이 완전히 가려지는 건 아니다. 노트북이 작아 정면에서나 얼굴이 안 보이지 좌우에서는 얼마든지 보인다. 신경 쓰이는 건 어쩔 수 없다.

방법 3. 사각지대가 생기지 않게 하면서 자는 모습을 가리고 싶을 때는 계산대에 책을 쌓아두면 된다. 일종의 책 바리케이드. 책을 열댓 권씩 쌓으면 어느 각도에서든 보이지 않는다. 이때도 모자가 뾰쪽 튀어나와 있으니 내 존재를 알릴 수 있다(모자의 쓸모인가?). 하지만 역시 손님이 카운터 가까이 다가오면 어쩔 수 없이 자는 걸 들키기 마련이다. 이때 책방지기의 눈이 풀려 있으면 제발 모른 척 넘어가주길.

방법 4. 손님은 있고 어디 숨을 데도 없고 나는 졸리고. 이때는 그냥 눈을 뜨고 잔다. 머리는 아무 생각이 없다. 불러도 대답이 없거나 한 박자씩 답이 늦는다. 책방지기가 멍 때리고 있으면 피곤한가 보네 하며 어여삐 여기소서. 책방에는 졸린 책이 많으니, 아니 아니 재밌는 책이 많지만 졸린 건 생리 현상이니까 책을 보다가 간혹 눈이 감기고는 한다. 책을 보다 나도 모르게 스르륵 잠이

들 때 책을 바닥에 떨어뜨리고는 한다. 그런 책에는 먼지가 묻기 마련인데 책을 마구 털어도 좀처럼 떨어지지 않는 먼지가 있다. 만약 책을 골랐는데 먼지가 좀 많이 묻었다 싶은 책은 내가 졸다 떨어뜨린 책(일지도 모른)이다. 이렇게 썼으니 이제 손님들이 먼지 묻은 책을 꺼내서 내게 따지겠네.

"이 책, 졸다가 떨어뜨린 책이네요!!"

"네네 죄송합니다." (미리 사과해야지.)

아침밥을 먹기 위한 주문

책방을 열고 아침밥을 매일 거른다. 12시까지 출근이니까 아침을 먹고 갈 시간도 충분한데 챙겨 먹지 않는다. (엄마가 알면 안 되는데.) 출근 후 이것저것 정리하고 손님도 드문 4시 전후에 하루의 첫 끼를 먹는다. 책방에 빵이 있으면 빵으로 첫 끼를 때운다. 그래서 지난 1년간 빵을, 내 인생 최대로 많이 먹었다. 책방에 오는 분들은 빵을 자주 사오는데, 골목 초입에 빵집이 있어서일 것이다.

배가 고플 때를 대비해 빵을 비축해두곤 했는데, 이제는 오는 손님들에게 다 나눠준다. 그래서 오늘처럼 밥도 안 먹고 온 날, 빵도 없는데 믿음식당마저 재료 준비로 문이 닫혀 있으면 아침밥을 거르지 말아야지, 하고 다

짐하게 된다. 그 다짐으로 짧은 글을 지어보았다. 아침밥을 먹기 위한 주문.

〈아침밥〉

오늘은 아침밥을 먹었어
반찬은 김치 멸치 김 된장찌개
모두 내가 좋아하니까
이 정도면 충분하지
좋은 것들은 자주 만나야 해
품어야 해

쫓기는 일상 무언가를 해야 한다면
밥을 먹자
이왕이면 같이 먹자
좋아하는 사람과 나눠 먹자
좋은 것을 좋아하는 사람과 나눌 때
그때가 정말 좋지

아침밥은
복잡할 필요 없어

단순하고
헌신적이지

내 하루가 그럴 테지
그러니 일단 먹자
어지러운 일상이지만
아침밥은
복잡할 필요 없어
든든하고 평화롭게
나를 채울 수 있어

좋아서 하는 책방

어제 다른 동네 책방지기 님들이 오셨다. 한 분은 김포의 꿈틀책방지기, 한 분은 멀지 않은 염리동의 초원서점지기. 이름답게 꿈틀꿈틀, 초원초원 하신 분들이었다 (그럼 나는 이후이후인가? 뭐야. 아무런 그림도 그려지지 않네). 책방을 운영하는 분들이 책방을 찾아주면 난 무조건 반갑다. 잘해드리고 싶다. 동지애를 품고 있다. 더하여, 얼마나 힘드세요, 라고 말할 뻔했다(이것은 연민이 아닐 거야. 응원일 거야). 두런두런 책방 얘기도 하고 정보도 교환하고 공감대를 형성해가며 서로 간의 노고도 토로했다. 기회가 된다면 책방지기들끼리 대담을 해도 재밌겠다는 생각을 혼자 품었다.

사실 다른 책방에 가는 게 쉽지 않다. 나만 해도 일주일에 한 번 쉬는데 책방에 가고 싶을 리가 없다. 아니, 가고는 싶어도 밀린 집안일 하고 고양이 '궁디팡팡' 해주고 읽어야 할 책 읽으면 하루가 다 지나간다. 쉬는 날이니까 밥도 꼬박꼬박 챙겨 먹어야지. (이틀을 쉬어야 하나?) 그래서 책방에 오는 책방지기들이 무척 고맙고도 반갑다.

지난 주말에는 겨우 몸을 움직여 집 근처 카페에 가서 책을 읽었는데 책이 꽤 많은 곳이었다. 파는 책들은 아니었지만 '여기도 책방과 다름없네'라는 생각을 했다. 옛 만화책이 시리즈로 있었는데 보는 순간, 이후북스보다 좋네, 라는 결론. 그래, 다른 곳에 가면 이렇게 좋지 좋아. (진정 이틀을 쉬어야 하나?)

이후북스보다 책이 더 많은 집이 있다면 그곳은 책방이 아닌가? 그곳도 책방이다. 공간은 없어도 자신이 좋아하는 책을 추천하고 나누고자 하면 그것도 책방이다. 가상의 '이내책방'처럼. 각자의 책방을 가지는 건 재미있는 일이다.

이후북스는 내 밥값을 벌기 위한 이윤 추구의 공간이기도 하지만 재미를 추구하는 공간이기도 하다. 재미는 없지만 이윤이 높아 하는 일이 있고, 돈벌이는 안 되지만 재밌다는 이유만으로 벌이는 일도 있다. 그 둘 사이에서 균형을 잘 유지해야 한다, 라고 내 자신에게 말하고 있다(아니 강요해야지. 그렇게 좀 하려무나). 설탕 한 스푼을 넣어 좀 더 달달한 곳으로, 소금을 살짝 뿌려 약간 짭짤한 곳으로. 이후북스는 간이 딱 맞네. (나는 지금 배가 고프다.)

얼마 전에 "책방, 돈 벌려고 하는 일 아니잖아"라는 말을 들었다. 오, 세상에나 네상에나! 처음에는 그 말을 듣자 당황스럽고 서운했다. 내 노력을 모르는구나 싶어서. 나도 참 불쌍하네, 라는 생각이 뒤따랐다. 돈도 못 벌면서 이 짓거리를 하는 걸로 보이는구나 싶어서.

그런데 또 맞는 말이라는 생각도 들었다. 내가 정말 돈을 많이 벌려고 들었으면 책방이 아니라 다른 일을 했겠지. 그전에 (재수는 없었지만 월급은 따박따박 나오는) 직장을 때려치우진 않았겠지. 책방은 어디에나 있는데 이걸로 먹고살자고 나선 건, 돈만을 추구하지는 않아서(라고 쿨하게 말하고 싶네). 그렇다고는 해도 돈을 벌기 위해 기를 쓰고 있다(라고 말하기에는 부끄러울 정도로 슬렁슬렁 노력하고 있지만).

하지만 이 사회는 얼마나 책방에게 가혹한가. 온라인 서점의 독식과 드물게 이루어지는 지원 속에서, 책방지기들의 개인기로 그 공간이 유지되고 있다. 결국 책 파는 일을, 그런 일을 하는 이들을 돈에서 초월한 것인 양 치부해가며 던지는, "네가 좋아서 하는 거잖아"라는 말 뒤에는, '그러니까 불이익도 감당해야지'라는 암묵적인 시선이 있다. 이러한 시선은 그야말로 우리를 '구기고' 있다(구겨진 페이지는 절대 사지 않으면서).

그게 꼭 책방에만 해당되지는 않을 것이다. 글 쓰는 이들, 책 만드는 이들, 그림을 그리는 이들, 노동을 하는 모두에게, 즐거워서 시작했건 시작하고 나서 즐거웠건 간에, "그래 그럼 즐거웠으면 됐지 왜 투덜거리냐!"라는 말로 그들의 치열함을 깎아내릴 순 없다.

그래서 결론. 난 즐겁게 일하면서 돈도 많이 벌 거다.

위로의 맛

크라우드 펀딩을 통해 배지와 에코백을 제작하기로 했다. 200만 원이 모여야 한다. 이미 많은 도움으로 책방이 운영되고 있는데, 대놓고 후원해달라니 민망하다. 한 달 동안 목표 금액이 달성될까? 나 혼자 시작한 일이 아니라 꼭 성공했으면 좋겠다. 난 혼자 작업하는 걸 좋아하지만 같이했을 때, 보다 나은 결과물이 뒤따르니 이것도 의미 있다. 펀딩의 성공 여부에 여러 사람의 이목이 집중되어 있어 신경이 쓰인다. 벌써 상냥이에게 제품 사진 이미지가 별로라며 다시 찍어 올리라는 주문을 받았다(펀딩은 쉬운 게 아니다).

펀딩 기간 중 한 매체로부터 원고 청탁을 받았다. 잘

써야지, 하며 어깨에 힘을 잔뜩 주고선 돌에다 글씨를 새기듯 글을 썼다. '책에 대해 할 말이 이렇게 빈약해서야 어떻게 책방을 하나?' 하는 자괴감이 들었다. 머리가 아니라 시간이 재촉해서 나온 글이 되었다. 아! 다시 쓰면 잘 쓸 텐데, 라고 뒤늦게 생각해봤자. 이제 아무도 나한테 원고 청탁 안 할 거야. 책이나 팔아야지.

오늘은 기분 좋은 일이 연달아 있었다. 예상치도 못한 선물을 연속해서 받았기 때문이다. 정성이 가득 담긴 팝업북, 또 하나는 편지와 함께 도착한 희귀본들. 두 선물 모두 너무 좋아서 계속 책상 위에 두고 싱글벙글 웃으면서 일했다. 책방에 손님이 없으면 나 혼자 웃고 떠들고 노래 부르고···. 맛을 보면 약간 이상할지도. 아니, 그러니까 책방에 책방지기 혼자 두지 말라고요.

그러고 보니 어제도 선물을 받았다. 바로 김밥! 내가 빵 질렸다니까 이제 막 김밥 사다 주고. 나중에 김밥도 질리면 책방일기에 또 써야겠다(김밥이 설마 질리겠어?!). 집에서 11시쯤 밥을 챙겨 먹고 나오니 4시 넘으면 배고픔이 최고조에 달한다. 손님들이 있어 나가지도 못하고 배만 부여잡고 있었는데, 그림책 《다시 봄 그리고 벤》을 만든 미바와 조쉬가 김밥을 주고 사라졌다. 둘은 원래도 심성이 착해 천사라고 불렸는데 이번엔 '김밥천사'가 되었다. 손님들이 다 나가고 김밥을 정성껏 먹었다. 나는 김밥을 정성껏 만들지는 못하지만 정성껏 먹을 수는 있다. 밥 알갱이 하나하나에 이름을 붙여서 다정하게 씹어줄 수 있다. 단무지와 시금치가 사이좋게 이 사이에 끼는 것도 좋아하지.

이렇게 누군가가 와서 끼니를 챙겨주고 하루가 멀다 하고 선물도 받고, 인생 착하게 살았나보다, 라고 생각했는데, 책방 문을 닫고 나오는 길에 아쉬운 일이 생겼다. 열심히 준비한 모임이 참여율 저조로 취소된 것이다. '그럼 그렇지 내가 뭘 착하게 사냐?'라는 결론이 났다. 더군다나 늦은 밤에 먹은 라멘은 너무 짜고 짜서 아직까지 목이 멘다. 낮에 받은 선물을 생각해야지.

버스 맨 뒷좌석에 앉아 스치는 것들을 보는데 내가 어디로 가고 있는지, 잘 가고 있는 건지 모르겠더라. 1루타를 쳐놓고서는 2루까지 내달리는 건 아닌가? 홈으로 들어갈 수 있긴 한 걸까? 영원히 달리는 주자가 되기는 싫은데, 이런 생각을 열일곱 살에도 했던 것 같은데 20년이 지난 이 나이에도 하는 걸 보니, 나는 참 진보하지 않고 쳇바퀴처럼 돌고 도는구나 싶다. 울적한데 〈위로의 맛〉을 들으며 자야겠다.

김밥 천사

난 어디로 가고 있는 걸까

〈위로의 맛〉

작곡 이내
작사 황부농

오토바이가 지나가는 집 앞
위로가 필요한 너를 찾아갔어
우리는 차가운 아이스크림을 나누어 먹었지
이것이 내가 너를 위로하는 맛
달콤하게 사라지네
돌아서니 녹아 있네
그래도 맛있었다
오토바이 지나가는 골목길에
한숨을 뿌리고 가는 이들
차가운 그대들은 반짝이네
다시금 뜨거움에 녹겠지만
이제는 녹지 않는 달을 껴안자
오토바이보다 거친 바람을 껴안자
누구도 품을 순 없겠지만
어쩌면 그 사실이 우리의 쓸쓸한 위로

좋다 싫다

오늘은 책이 잔뜩 입고됐다. 좋다.

책장을 정리해야 해서 싫다.

그래도 읽고 싶은 책이 많이 들어와서 좋다.

가득 차려진 밥상을 보며 '무엇을 골라 먹을까?' 싶은 마음. 보기만 해도 배가 부르다. 아~ 좋다.

그런데 어떤 책도 제대로 읽지 못하고 젓가락질만 하다 입으로 씹어 삼키지는 못하니 싫다.

책방지기에게 책 읽을 시간이 없다. 아, 진짜 싫다.

나는 읽고 싶어 못 참겠는데 손님들이 책을 쓰윽 훑어보고는 시시하다는 표정으로 나가서 싫다.

하지만 손님들이 좋은 책이 많다며 여러 권을 고르

고, 또 온다고 해서 매우 매우 좋다.

어제 읽은 문장이 좋다. 다시 찾아 읽으니 여전히 좋아서 좋다.

좋은 문장을 주머니에 담을 수 없어서 싫다.

주머니엔 돈을 담아야지. 근데 주머니에 돈이 없어서 싫다.

그래도 왼쪽 어깨에 응원이 있어서 좋다.

오른쪽 어깨엔 고양이가 있어서 조호옿타.

고양이가 밥 달라고 새벽 내내 울어서 시르다~.

새로 만드는 고양이 배지를 모자에 달고 다닐 생각을 하니 기분이 좋다.

루팡이에게 자랑해야지, 네가 뭘 알겠느냐마는. 고양이가 몰라줘서 싫다.

책방 열고 고맙다는 말을 많이 하고 있다. 고마운 일이 많아서 좋다.

책방 열고 죄송하다는 말도 많이 하고 있다. 죄송한 일이 많아서 싫다.

고맙다는 말에 진심이 담겨 있지 않아서 싫다.

죄송하다는 말에 진심이 느껴져서 좋다.

봄 햇살이 찾아들어서 좋다.

햇살이 들어오라고 출입문을 열어놓으니 좋다.

출입문을 열어놓으니 먼지가 들어와서 싫다.

얼음을 만들어야 해서 싫다. 제빙기 따위 없으니.

손님들의 옷차림이 가벼워져서 좋다.

주머니도 가벼운 것 같아 싫다.

세월호가 지금에서야 인양되니… 싫지도 좋지도 않다.

잊지 않았으면 좋겠다.

매일 싫고 좋고, 좋고 싫은 일로, 좋고 싫었다. 싫고 좋았다 해서 좋다 또 싫다.

당신이 이 시시한 책방일기를 읽어줘서 좋다.

노래로 불러주어서 좋다.

내일도 좋은 일과 싫은 일이 나에게도 당신에게도 있을 테니 공평해서 좋다.

사실은 공평하지 않아서 싫다.

어디에나 유리한 사람들이 있어서 싫다.

당신이 찾아주어서 좋다.

오지 않아서 싫다.

아직 도착하지 않아서 기다리니까 좋다.

원하는 것이 달라서 싫다.

그래도 내가 고른 책을 읽고 조용하게 웃어주어서 정말로 좋다.

그럼 됐지 뭐, 나는 좋다.

당신이 좋으면 나도 좋다.

나에 대한 험담

　오늘 저녁은 상냥이와 서귤 님 그리고 나 이렇게 셋이 같이 먹었다. 밥이 나오기 전부터 상냥이가 서귤 님에게 내 험담을 하기 시작했다. 인간 황부농이 보기와는 달리 비인간적이라느니, 막말대마왕이라느니 나불나불했다. 서귤 님은 서글서글 웃었다. (믿을 수가 없었겠지) 황부농의 이런 막돼먹은 모습을 손님들이 모른다면서 언젠가 자기가 다 얘기할 거라는데, 그전에 내가 먼저 내 입으로 말해볼까 한다. 내가 나에 대해 말하려니 어쩐지 오징어가 자신의 다리를 씹어 먹는 모양새랄까. 내 다리 참 쫄깃하네. 잘근잘근.

　책방일기나 SNS에 남기는 글을 보면 내가 좀 수다

스럽고 촐싹거릴 것 같은 느낌을 받을지도 모르겠다. 하지만 실제로는 굉장히 과묵하다. 말도 느린 편이다. 정말로 수다쟁이인 상냥이와 얘기하는 것만 봐도 상냥이가 열 마디 할 때 난 한 마디 한다. 과묵한 사람들이 상대방의 얘기를 듣는 걸 좋아하기도 하지만 난 그냥 머릿속으로 딴생각을 하고 있다(죄송합니다). 하지만 이건 어디까지나 (상냥이처럼) 상대방이 뻔한 얘기만 할 경우에 그렇다는 것이다. 보통은 잘 들어준다.

잘 들어주기는 하는데 영 관심 없는 주제면 또 딴생각을 한다. 나란 인간은 리액션이 별로 없지만 좋은 것은 묵묵히, 끝까지 좇는 편이고 싫은 것은 거들떠도 안 본다. 말로 표현하는 건 서툴지만 글로는 숨김없이 표현하길 즐긴다. 과장도 잘 한다. 세상에서 제일 과장된 언어를 구사하고 싶다(이것도 과장된 표현이네).

상냥이는 또 내가 점잖은 척한다는데, 사실이다. 내가 말은 별로 없어도 말장난은 좋아한다. 종종 농담이 지나쳐서 오해를 산다. 초면인 경우 최대한 신중을 가하다 보니 점잖은 척하게 된다.

기억력이 굉장히 안 좋다, 덧셈도 못한다, 머리가 나쁘다, 밥을 돼지같이 많이 먹는다, 잘난 척을 한다 등등. 이건 다 상냥이가 나에 대해 하는 말이다. 부정할 수가

없다. 기억력이 좋지 않아 손님 얼굴을 기억 못하니, 전에도 책방에 온 적 있다고 말해주면 오래된 친구처럼 친한 척할 것이다. 덧셈을 못해서 계산하는 데 시간이 오래 걸리니 이해해주길 바란다. 밥을 돼지같이 많이 먹으니 영업시간 중에 문이 닫혀 있으면 믿음식당에서 10첩 반상을 싹쓸이하는 중일 것이다. 역시 이해해주길. 그리고 잘난 게 없으니 잘난 척이라도 해야지. 잘난 사람들이 잘나지 않은 척하는 게 더 별로다. 그게 세상을 더 어렵게 만들지 않나요?

또 뭐라고 험담하더라? 아, 게으르고 더럽다. 이것도 맞는 말이다. 근데 딱히 지금보다 더 부지런하게 살고 싶은 마음은 없다. 적당히 게으른 게 먼 길을 가는 데는 도움이 된다. 더럽다는 건, 이를테면 쉬는 날 아예 안 씻고 눈곱도 안 떼고 홍대 거리와 연남동을 돌아다닐 때 주로 든다. 쉴 때는 씻기조차 싫은 게 나만 그런 거 같진 않다. 그래도 안 씻고 홍대를 거니는 건 좀 그렇나?

상냥이가 내 뒤에서(또는 앞에서) 할 험담을 스스로 해보았다. 그래도 상냥이는 어디선가(대놓고 내 앞에서) 험담을 하겠지. 이렇게 쓰고 나니 내가 상냥이를 험담하는 기분이 든다. 그럴 의도는 아닌데. (미안.)

독일인 친구

난 출근하는 게 가끔 두려워. 책방이 너무나 좋지만 말이야. 책방에 손님이 단 한 명도 없었던 적은 딱 두 번 있었어. 그것도 오픈 초기였지. 지금은 한 명이라도 꼭 손님이 찾아와. 하지만 손님이 없었던 그 두 번의 하루를 보내면서 너무나 슬펐지. 아, 슬프다는 말은 어울리지 않을지도 몰라. 섬에 홀로 남겨진 것처럼 두려웠던 것 같아. 난 그날 재밌게 보내려고 애썼지. 손님이 있건 없건 즐기려고 노력했지. 하지만 그 밑바닥은 역시 슬픔이라는 뿌리였어. 손님이 많은 날, 재미난 일이 가득 찬 날이 반복되어도 그날의 그 기분, 그 슬픔은 조금도 사라지지 않아. 생생해. 매일 책방으로 향할 때 내 가방에 담겨, 내

신발 끈에 매달려 나와 같이 책방으로 향하지.

그 두려움은 마침내 첫 손님과 함께 사라져. '아 오늘이 그날은 아니구나.'

오늘 두려움을 사라지게 한 첫 손님은 독일인 교환학생이었어. 글쎄, 나보다 키가 두 배는 커 보이더군. 나도 그녀도 둘 다 영어가 서툴렀지. 솔직히 말해서 내가 훨씬 서툴렀어. 그녀는 해석하기 쉬운 한국어 문장이 담긴 책을 원했고 나는 시집 몇 편을 골라줬는데, 그녀는 《일상의 살인》을 꺼냈어. 나는 그 책도 무척 재미있다고 했어.

"Good choice! It's fun!!"

"Oh, really?"

"Yeah~!"

그런데 《일상의 살인》은 일상에서 일어나는 작은 행동들을 살인하는 행위에 비유하는 조금은 그로테스크한 내용이잖아. 이 말을 영어로는 못 하겠더군. 어쨌든 그녀는 《일상의 살인》을 샀어. 그리고 한 권을 더 샀어. 《꼬리의 이유》. 《꼬리의 이유》는 남들과 다른 본성에 대해 고민하는 짧은 우화로 영어판과 한국어판이 있어서 그녀가 읽기에 딱 알맞았지. 두 버전을 같이 보여주자 주저 없이 사더군. 그녀는 해맑게 웃으며 서브컬처 매거진《돈 패닉》두 권을 들고 사라졌어.《돈패닉》이 무료란 사실에 나에게 땡큐를 여섯 번 외쳤지.

"Oh thank U, oh thank U, oh thank U, oh thank U, oh thank U, oh thank U."

Wow!! 그것은 주문이었지!! 오늘 나는 다섯 번의 카드 결제와 한 번의 현금영수증을 발행했거든!!! 그러니까 딱 여섯 번 계산한 거야!! 내 독일인 친구는(Isn't there a reason why I'm not a friend?) oh thank u를 조금 더 말했어야 했어. 하하. 하지만 난 충분해. That's enough! 내일은 네가 나를 충분하게 만들어줄 테니.

책 파는 데 필요한 능력

나에게 책 파는 능력 따위 없다. 책 파는 데 필요한 능력이 뭐냐고 물으면 뭐라 대답하기도 곤란하지만, 그래도 몇 가지 꼽아볼까? 사람들과 대화를 잘하는 것? 책에 대한 지식? 기막히게 책을 소개하는 '말빨'? 빠르게 많이 담을 수 있는 정보력? 다 부족하다. 내가 책을 무진장 많이 읽은 것도 아니고 영업력이 좋은 것도 아니다. 독해력이 아주 좋아서 책에 대해 누구보다 잘 소개하는 것도 아니다. 계산에 밝거나 기획력이 좋지도 않다. 책에 대한 사랑이 남다르거나 강력한 것도 아니다. 이 모든 것이 아주 부족하지는 않아서 책방을 하는 건지도 모르겠다. 근데 하나 잘하는 게 있다. 잘한다고 오늘 문득

깨달았다.

그건 기다리는 일. 추운 날에는 추워서 손님이 없고 더운 날은 더워서 손님이 없고 날이 좋은 날은 날이 좋아서 손님이 없는 책방(이후북스만 없는 건가?). 하지만 나는 변함없이 책방 문을 연다. 사람이 없으니까 코딱지나 후비며 너부러져 있고 싶지만 손과 머리를 부지런히 놀린다. 문만 연다고 공간이 열리는 건 아니니 청소도 하고 책도 정리하고 음료도 준비한다. 책방도 나와 같이 기다리는 것이다. 지나가는 사람들의 무관심한 시선을 견뎌야 하고 관심 어린 시선은 그것대로 감당해야 하고 우려 섞인 시선들은 버텨가며 책방을 지켜야 한다. 약속 장소에서 하염없이 누군가를 기다리는 것과 같다.

그러고 보니 예전부터 나는 약속을 하면 대부분 먼저 나가 기다렸다(친구들이 하나같이 시간 개념이 없기도 했다). 먼저 나가서 기다리면 마음의 여유가 있다. 늦을까 봐 조바심 내지 않아도 된다. 책도 느긋이 읽을 수 있다. 책 읽을 시간을 벌기 위해 일부러 일찍 약속 장소에 나가는 일도 많았다. 이때부터 단련이 되었나? 좋아하는 사람을 기다릴 때는 기다리는 시간이 길어질수록 행복하다. 같이 갈 장소, 먹을거리, 나눌 얘기들을 미리 생각하면 혼자라도 즐겁다. 이렇게 기다리는 것을 즐길 줄 안다면 책 파는 데 안성맞춤인 능력을 갖춘 거라고 말하고 싶다(최고의 능력이라고는 할 수 없겠지만).

이 능력을 가졌다고 책을 많이 팔 수 있는 건 아니다. 기다리기만 한다고 사람들이 알아서 찾아오거나 알아서 책을 사는 건 아니니까. 하지만 무엇보다 덜 지칠 수 있다. 책방 문을 열고 닫을 때까지 손님 없는 시간이 초조하거나 불안하거나 심심하거나 절망스러웠다면 정말이지 책방을 유지하지 못했을 거다. 기다리는 시간을 내 것으로 만들어 하루를 즐길 수 있다면, 내일도 책방을 열 수 있다. 책방을 운영하려면 그런 마음가짐이 필요하다. 기다리는 동안 누군가는 찾아오기 마련이니까.

기다리고 있다가 만나면 더욱 반갑다. 더욱 소중하다. 열 사람이 온 것보다 한 사람이 소중할 때, 이제는 잊었다고 생각한 초심이 되살아난다. 그렇다면 여기서 다시 시작할 수 있다. 내가 해온 만큼 더 나아갈 수 있다. 비가 무섭게 내린 오늘도 난 기다렸다. 무더우리라 예상되는 내일도 기다릴 것이다. 아직 만나지 않았다면 미리 인사해야지. 반갑습니다. (그리고 책 좀 사세요.)

그런데 반대로 기다리지 못하는 능력이 있다면 어떨까? 손님을 끌어들여 책을 더 많이 팔려나? 역시 책을 파는 건 어렵네요.

각자의 속도

화요일에 새로운 모임 '각자의 작업'을 시작했다. 서로의 영역을 침범하지 않은 채 스스로 해야 할 작업에 몰두하는 모습은 확실히 각자에게 시너지 효과가 있었다. 작업할 것들을 얘기하며 응원해주는 모습도 보기 좋았고 열심히 작업하는 사람들을 보니 나도 집중이 잘 됐다. 무엇이든 작업할 게 있고 거기서 만족을 얻고 성취도를 가지고 한 걸음 한 걸음 내디디면 확실히 일상이 충만하게 지속되는 기분이다.

가끔은 그 일상이 버겁기도 하다. 지난번에 책방에서 한 '너의 이야기를 부를래'라는 공연에서 참가자들이 자신의 고민을 이야기하는 시간이 있었다. 대부분 '일에

짓눌린 삶'이 고민이었다. 원해서 하는 일인데도 일의 무게와 노동의 고단함에 힘겨워 했다. 노력(이나 기대)을 배반하는 결과에 무너져 내리기도 했다. 그러나 그 자리에서는 '나만 이렇게 사는 게 아니구나' 하는 공감대가 형성되고 위로도 받았지만(받았죠?!) 그건 잠시뿐이고 계속 지켜야 할 각자의 무게를 곧 깨닫게 되고 그렇게 각자의 일상이 쳇바퀴처럼 반복되겠지. 이건 악담이 아니다. 그만큼 발휘하고픈 능력과 자부심과 욕심을 가지고 있기 때문이다. 법륜 스님이라면 욕심을 버리라고 말했으려나?(마침 그 자리에 법륜 스님이 빙의한 사람이 있었다!) 스스로의 속도를 잘 유지했으면 좋겠다.

속도 얘기가 나왔으니 말인데. 오늘 휴일이라 산행을 했다. 전날 내리던 비는 그쳤고, 새벽 공기는 무척 시원했다. 비를 머금은 산은 더욱 생기 있었다. 앵두와 산딸기가 열려 색깔도 다채로웠다. 선선한 바람을 오래 품고 싶어서 평소보다 더 천천히 걸었다. 봉산은 등산로가 매끈하게 잘 닦인 곳이 아니다. 전반적으로 완만한 가운데 한 사람이 겨우 지나갈 만한 좁은 길이 종종 나온다. 그런 길을 걷고 있는데 내 뒤에서 발자국 소리가 들렸다. 아주 거친 운동을 하듯 숨가쁜 발걸음. 그 소리가 점점 커져서 어쩐지 나도 빨리 올라가야 될 것만 같았다. 하필

경사로였다. 비켜줄 공간이 마뜩잖아 나도 속도를 냈다. 그럼에도 거친 발걸음과 숨소리가 어느새 등 뒤에 바짝 다가와 있었다. 길이 끝나자 뒷사람을 먼저 보내고 다시 천천히 걸었다. 이후로도 많은 이들이 나를 앞질러 갔다. 서둘러 가려는 이들에게 양보하고 나니 마음이 편안해졌다.

　나는 요즘 누군가가 뒤를 쫓아오는 것마냥 조급했다. 아니, 요즘뿐 아니라 책방을 열고 나서는 조급함이 상시로 찾아왔다. 내 뒤를 쫓는 건 그 누구도 아닌 나일 텐데. 난 내 속도로 걸어야지, 라고 주문을 걸어본다. 맨날 나 스스로를 다독이는 주문만 늘어나는데, 내가 제일 좋아하는 주문은 책 주문이다.

2부 서로의 페이지가 되어

예쁜 나 멋진 나

덩치는 크지만 애기예요

밥? 밥?

책 한 권을 팔기 위해

그동안 책방일기에다가 매우 솔직히 책방의 상황, 특히 운영난에 대해 쓴 것 같은데 아직도 책방 운영이 어렵다는 걸 사람들은 잘 모르는 것 같다. 그래서 더더욱 징징거리기로 했다. 그리하여 대놓고 쓰는 책방(징징)일기.

나는 책 한 권을 팔기 위해선 책 두 권을 사야 한다. 작은 책방에서 책을 위탁판매(출판사에서 책을 받아 진열하고 책이 판매되면 책값을 지불하는 방식) 하는 건 어려운 일이다. 독립출판물과 몇 군데 소규모 출판사의 책을 제외하고는 매절이 원칙이라 500원을 벌기 위해 1000원을 쓴다. 물론 투자라고 생각할 수도 있겠지. 커피는 마셔도 책은 사지 않는 시대가 문제일 뿐. 남은 500원을 거둬들이기까지 월세와 전기료가 밀리지 않으면 다행이다.

모임을 열어 참가자를 한 사람이라도 더 신청받기 위해 인스타와 페북과 블로그에 글을 올리면 문의는 여기저기서 온다. SNS의 댓글과 메시지, 블로그의 쪽지와 댓글, 카톡과 문자, 전화 등등. 문제는 문의가 10이면 정작 신청은 1이라는 점. 그 모든 문의에 답변하는 시간만 줄여도 하루에 책 한 권을 읽을 판. 그래도 참여만 해준다면 고마울 뿐. 그렇다고 모임을 줄일 수도 없다. 왜냐하면, 책 한 권을 팔기 위해.

운영 시간이 있지만 일찍 온다고 하면 일찍 열고 늦게 온다고 하면 늦게까지 연다. 운영 시간이 긴 편은 아니니까 괜찮지 뭐, 하며. 집에 가서도 책방 일은 이어지니까. 올해는 출판도 준비 중이다. 계획은 일찍부터 세웠는데 계속 미뤄왔다. 책 읽을 시간도 없는데 책 만들 시간이 있겠나. 책 파는 시간도 부족하다. 그럼 도대체 시간은 어디 있단 말인가? 고양이 꼬리 속에 숨었나? SNS를 하지 말까? 안 할 수가 없다. '나'라도 떠들어야지. 책 한 권을 팔기 위해.

그리하여 요즘은 커피와 수제 청 재료를 다른 곳에 부탁할까 생각 중이다. 그러나 생각만 한다. 책 팔아서 남는 건 별로 없으니까. 그래도 이후북스는 책 판매 수익이 음료 판매보다 훨씬 크다. 그렇지만 책만 팔아서는 유지할 수 없다. 그럼에도 책 판매에 힘을 더 쏟고 싶다. 그래서 많이 팔고 싶다. 하지만 책이 커피보다 레몬보다 딸기보다 우유보다 물보다 더 중요한 무엇이라고 생각하지는 않는다. 하지만 이후북스엔 책이 많다. 전부 내 선택에 의해 입고된 책이다. 누군가에게는 시시하겠지만. 난 책을 만든 제작자 한 분 한 분 응원하니까.

책 한 권을 팔기 위해 책 두 권을 사서 한 권도 못 판 이야기를, 계속 쓸 수 있을까? 500원을 벌기 위해 1000원을 계속 쓸 수 있을까? 써야겠지. 왜냐하면, 당신도 1000원을 벌기 위해 얼마나 힘썼겠는가.

낮고 낡은 곳에서부터 신명 나는 마당을 함께

'사람책' 후기 같은 책방일기.

어제 낮에는 밀린 일들로 인해 심신이 매우 지쳐 있었다. 동업자 상냥이는 쉬는 날이었는데도 역시나 책방에 나와 일을 했다. 우린 각자의 일을 버거워하며 투닥투닥했고, 대화는 이런 식이었다. "책방에 자잘한 일이 너무 많은 거 같아." "힘들어." "이제 행사나 모임은 줄이자." "신경 쓸 게 너무 많아." "사람 모으는 것도 너무 힘들다." "홍보는 어려워." "아무리 떠들어도 안 올 사람은 안 오네." "책방에 별로 관심이 없는 거 같아." "우리가 뭐 하는지 잘 몰라." "남는 것도 없어." "책방을 왜 했을까?" "몰라 피곤하다." "내가 더 피곤해."

밤 11시 30분. 책방을 정리하면서는 이런 대화를 했다. "책방 열기 잘했다." "응, 우린 진짜 잘한 거 같아." "돈 안 돼도 계속하자." "우리가 많이 배우니까." "우리가 돈 주고라도 손님들 오게 하고 싶다." "이후북스 진짜 최곤데." "홍보를 더 많이 해야겠어." "많이 알리자." "더 노력해야겠어." "좋은 공간으로 만들자." "책방 오래오래 해야지." "다음엔 무슨 행사 하지?" "생각해봐. 재밌다." "내가 더 재밌다." "책방 좋아ㅋㅋㅋㅋ"

대화가 이렇게 전혀 다른 양상을 띠게 된 그 사이엔 '사람책' 행사가 있었다. 최현숙 선생님. 어떤 등장은 책방에 들어서자마자 공기를 바꾼다. 선생님은 '구술생애사 글쓰기'로 《할배의 탄생》 《천당허고 지옥이 그만큼 칭하가 날라나?》 《막다른 골목이다 싶으면 다시 가느다란 길이 나왔어》 등 세 권의 책을 썼다. 난 책을 읽은 후 머릿속이 선생님에 대한 호기심으로 가득했다. 옹기종기 모인 자리에서 어김없이 자기소개가 이어졌다. 책방은 공간이 협소해 테이블에 나란히 앉으면 서로의 작은 손짓 하나 눈짓 하나 숨길 수가 없다. 처음에는 어색하지만 금세 마음을 열고 가까워질 수 있다.

구술생애사 글쓰기가 무엇인지부터 이야기가 시작

되었다. 자신의 생을 글로 쓰지 못하는 분들의 전 생애를, 한 개인의 역사를 통째로 담아내는 일. 그것을 진보적인 관점에서 해석하고, 세상 속에서 스스로의 삶을 바라보는 과정. 보통의 내공으로는 하기 힘든 일. 그 내공이 표정과 몸짓과 언어로 전달되어 한순간도 놓치기 싫었다.

대화는 계속 진행되었다. 개인의 역사, 그 과거의 경험을 지금 스스로 어떻게 정의할 것인가, 인터뷰했던 분들의 사연들까지. 두 시간으로 예정되었던 자리가 세 시간이 넘도록 이어졌다. 그런데도 자리를 접기 싫었다. 최현숙 싸부는(혼자 막 싸부라고 부른다) 아주 호탕하게 웃었고 아픈 사연을 언급할 때는 정말 아픈 표정을 지었고 숨김없이 보여주고 거침없이 얘기했다. 저렇게 나이가 들면 좋겠다는 생각이 들었다. 타인의 얘기에 귀 기울이고 그들을 이해하고 대화하기 위해 끊임없이 공부하며 자신만의 관점을 가지면서도 포용할 줄 아는….

책방을 열고 가장 많이 배우는 건 나 스스로다(황부농 성장기처럼). 손님에게 배우고 제작자에게 배우고 작가에게 배우고 동업자에게 배운다. 기다리는 시간을 배우고 만드는 과정을 배운다. 삶의 태도를 배운다. 오만하게 아는 척하는 나를 들여다보고 어제의 멍청한 나와 오늘 조금 나아진 나와 어쩌면 그래서 달라질 가능성이 있는 내일의 나를 기대하게 만든다. 온갖 잡일이 내 앞에 뒤에 옆에 사방으로 줄줄이 있어도 즐겁게 해야지!!!

각자 돌아서는 뒷모습에서 어쩐지 가기 싫다는 아쉬움이 느껴지는 듯한 건 그냥 내 생각일 뿐인지도 모르겠지만, 어제는 내게 그러한 자리였다. 끝으로 싸부님은 이런 글을 남겼다.

"낮고 낡은 곳에서부터 신명 나는 마당을 함께."

이 말은 높은 곳으로 매일 올라가려는 내 욕심을 비웃으며 지금 선 땅에 두 발을 단단히 붙들어 매게 해주는 끈끈한 무엇으로 다가왔다.

(황부농 성장일기 끝~)

책 좀 찾아봐!

《채링크로스 84번지》를 읽었다. 서점과 손님이 주고 받은 편지를 엮은 책이라니! 멋지다. 개인적으로 인상적인 장면은 책을 주문하는 손님 헬렌 한프가 서점 직원 프랭크를 닦달하는 모습이다. 이런 식이다. "거기서 뭐 하고 있는 거예요? 우두커니 앉아 빈둥거리고 있나요?" 주문한 책을 보내주지 않거나 긴 시간 어떤 책도 소개하지 않으면 이렇게 편지에 썼다. 물론 프랭크는 열심히 책을 찾았고 최선을 다해 소개하고 어떻게든 구해 보내주려 애를 썼다. 긴 세월 두 사람이 주고받은 편지가 그 사실을 말해준다. 온기 넘치는 책이다.

나도 이따금 책을 책을 구해달라는 부탁을 받는다.

하지만 찾아보겠다고 하고서는 대체로 애쓰지 않았다. 총판에 없거나 제작자와 연락이 닿지 않으면 이내 포기해버렸다. 그게 편했다. 책방에 없는 책을 구하는 건 번거로운 일이니까. 지금 생각하니 희귀본을 요구한 것도 아닌데 직무유기다. 반성해야지(그렇다고 레이먼드 카버의 사인본을 찾아달라고 하면 안 됩니다). 프랭크와 헬렌이 오랜 시간 교류하며 신뢰를 쌓은 과정을 보니 부럽기도 하다.

오늘 SNS를 통해 책을 주문한 분이 있었다. 주문한 책 중 네 권은 책방에 있었고 두 권은 재고가 없었다. 추가로 책방지기가 추천하는 책도 같이 보내달라고 했다. 재고가 없는 책은 다행히 총판에서 받을 수 있었다. 다만 그만큼 배송이 늦어진다. 손님은 느린 배송도 상관없다며 천천히 보내라고 한다. 나부터가 빠른 배송에 익숙한데 느린 배송을 주문하는 너그러운 마음씨에 감동했다. 오고 가는 말에 오뎅국물 같은 훈훈함과 앞접시 같은 배려가 가득했다.

하지만 그 반대여도 난 좋을 것 같다. 헬렌 한프처럼 "거기 멍 때리고 있지 말고 책 좀 찾아봐!"라고 막 말해줬으면 좋겠다. '멍청하고 게으르고 아무 생각 없는 책방지기야!! 책 좀 빨리 보내!(그러려면 책을 우선 주문해야겠네)' 더 심한 말도 좋다. 이런 말들이 상처 없이 오고 가는, 어느 정도 신뢰가 쌓인 관계를 많이 만들고 싶다. 근데 이런 말을 듣겠다는 건 결국 책을 찾아주지 않겠다는 것인가(황뻔뻔하네)?

말 거는 게 싫으시다면

    카페든 서점이든 옷 가게든 어디를 가더라도 점원이 나에게 말 거는 걸 싫어한다. 그래서 나도 책방을 열고 되도록이면 손님들에게 말을 걸지 않았는데, 상냥이는 나랑 다르게 말도 잘 걸고 책도 잘 추천하고 소개도 잘 하는 편이다(읽지 않은 책도 잘 소개한다는 것이 상냥이의 장점이라면 장점이다). 그렇게 소개하다 보면 사람들은 추천 해준 책을 한 번 더 들여다보거나 정보를 얻어서 수월하게 책을 선택해 가고는 한다. 책 얘기를 하다가 고양이에 관해 얘기하기도 한다. 어느새 분위기는 화기애애해져 책은 뒷전이 되니 과연 좋은 것인지 모르겠으나 그런 모습을 보고 손님들이 의외로 책방지기가 말 거는 걸 좋아하고 반긴다는 걸 알게 되었다.

　상냥이가 평일에는 없는 요즘, 나는 손님이 들어오면 상냥이가 빙의한 듯 친절하게 책을 소개하려고는 하나, 어쩐지 표정에 변화가 없고 내가 추천해준 책을 시큰둥하게 보는 것 같아 난 언제 그랬느냐는 듯 바 안쪽으로 사라져버리곤 한다. 그런데 어제는 한 손님이 오래도록 이 책 저 책을 보기에 큰맘 먹고 말을 걸었다. 찾는 책이 있거나 좋아하는 분야가 있으면 추천해드리겠다고 하니 기다렸다는 듯이 표정이 환해지며 추천해달라고 했다. 그래서 이 책 저 책을 소개해주었다. '그래, 작은 책방이라면 이렇게 독자와 얘기해가며 친밀하게 지내는 거지.' 나도 신이 나서 여러 책을 추천해주었다. 그분은 한참 내가 추천한 책을 유심히, 눈을 반짝이며 들여다보았다. 사 가지 않아도 그만이었다. 이러한 책들이 있다는 걸 알려주는 것만으로도 의미 있는 시간이었다. 계산할 때는 전혀 손길도, 눈길도 주지 않은 책을 주저 없이 쓱쓱 골랐다는 게 결말이지만.

　말 거는 걸 좋아하는 사람이 있는가 하면 나처럼 싫어하는 사람들도 있기 마련인데, 나는 계속 그 사이에서 이랬다저랬다 할 것 같다. 만약 좋아한다면 왼손으로 동그라미를 그리고, 싫어한다면 엑스 표시를 그리며 등장

하라고 할 순 없겠지. 사실 어느 정도 얼굴에 써 있기는 하지만….(만약 말 거는 걸 극도로 싫어한다면 물구나무를 서서 이후북스로 들어오시오. 그럼 절대 말 걸지 않겠습니다. 진심입니다.)

책방 먼지

오늘 동업자라는 사람이 무려 일주일 만에 책방에 얼굴을 내밀었다. 그러고는 책에 앉은 먼지를 손가락으로 훔치며 한다는 소리가, 청소를 왜 하지 않느냐다. 청소를 안 하긴 왜 안 하냐?! 아무리 청소해도 먼지를 끝장낼 수는 없다. 세상에 영원한 것이 있다면 먼지일 터인데, 매일 쓸고 닦아도 그만큼의 양이 또 쌓이는 것이 과연 먼지라는 녀석이다.

먼지는 정말이지 끈질기다. 먼지는 어디에나 존재한다. 보이는 곳 보이지 않는 곳 가리지 않는다. 더운 곳 차가운 곳 동그란 곳 네모진 곳. 냄새가 나는 곳이든 안 나는 곳이든 어디든 출몰한다. 도무지 정체를 알 수 없는 녀석들이지만 하여간에 무수하다. 모든 것의 아주 작고 작은 파편들. 쪼개지고 쪼개지다 날아다닐 만큼의 무게를 가지게 된 것들. 가볍고 그래서 자유로운 것들. 부럽다. 먼지새끼들. 정직하기도 하지. 청소를 안 하면 안 한 만큼 쌓인다(그런 점은 본받을까 봐).

책은 먼지가 웅크리고 있기 딱 좋은 장소다. 특히 책의 갈피 속에 자리 잡은 녀석들은 오예, 하며 부동산 분양받은 것마냥 평온함과 안락함을 유지하겠지. 누군가 책을 펼치기 전까지 그곳에 머물 텐데, 어찌 그런 녀석들 한번 보고 싶지 않나요?(그러니까 책을 사란 말이군.) 책 냄새란 그러한 먼지 냄새다. 쿰쿰하면서도 어쩐지 구수하고 안락한 느낌을 주는 냄새. 헌책방에 갔을 때 편안함을 느끼는 건 안빈낙도를 즐기는 먼지들 때문이다.

이쯤 되면 먼지 예찬인가? 아니. 그래도 먼지는 책방의 적이다. 미세먼지가 많은 날이면 책방에도 손님이 뜸하다. 눈에 보이지 않는 지름 2.5마이크로미터의 먼지를 책방 따위는 도저히 이길 수 없다. 오가는 이들이 없고 반응할 무언가가 없으면 나도 '책방 먼지'가 되는 거다. 그 자리에 방치되어 쌓이는 기분으로(별명 하나 추가해야겠네. 황먼지).

지금도 누구의 눈에는 책방이 먼지처럼 보이겠지. 먼

지는 도저히 이길 수 없는데?! 그래 기꺼이 먼지가 돼야겠다. 결국 그렇게 되겠지. 먼지가 되겠지. 하하 그렇다면 내가 이겼다(정신 승리로구먼).

어디에도 있고 어디에도 없는 책방

　노래하고 글 쓰는 이내 님이 이후북스에서 인턴을 하고 싶다고 말했을 때, 난 거절할 이유가 없었다. 난 매일 그녀의 책을 팔고 있고 매일 그녀의 노래를 듣고 있는데, 부산과 서울의 거리 탓에 매일 볼 수 없는 것이 하나의 아쉬움이었으니까.

　하지만 책방에 인턴이라니, 이후북스는 인턴을 둘 처지가 못 된다. 최저임금도 지불하지 못할뿐더러 무언가 배울 만한 것도 없으니까. 그녀도 가벼운 마음으로 놀러 가는 거라고 생각했길 바랐지만, 까다로운 것과는 결이 다른, 어떤 현상을 관통하는 시선을 가지고 있는 그녀였기에 난 책방의 바닥이 드러날까 봐 좀 걱정스러웠다.

책방의 바닥은 나의 바닥이기도 하니까.

나는 멋대로 운영한다고 하지만 그래도 사람들 눈에는 책방이 좋게 보였으면 하는 바람이 있다. 멋대로 살았지만 인정받고 싶은 것처럼. 좋은 책을 읽으면 좀 더 잘살 수 있을 것만 같다. 그래서 책방지기가 되었나? 현저히 책 읽는 양이 줄고 있지만.

평소 힘 빼고 책방을 운영했는데, 그녀가 인턴으로 온다니 나도 모르게 어깨에, 머리카락에, 손끝과 발가락사이사이에 힘이 들어갔다.

인턴에 대해서 말을 해야지. 그녀와 어떻게 친해지게 됐냐는 질문을 많이 받았다. '정말 어떻게 친해지게되었지?' 나도 매번 생각해본다. 그건 '미바' 때문이다. 미바는 《다시 봄 그리고 벤》이라는 아름다운 그림책을 만든 창작자인데, 어디선가 먹이를 구해 우리에게 물어다 주기에 "어미새"로 불리고도 있다.

미바가 그녀에게 이후북스를 소개해줬다. 누군가의얘기를 흘려듣지 못하는 그녀는 이내 이후북스에 오게되었고 난 그녀의 책과 음반을 팔게 되었다. 그리고 이후북스 1주년 때 공연을 함께하게 되었다. 난 그녀의 노래가 겨울에 덮는 이불처럼 몸과 마음을 감싸주는 느낌이들어 무척 좋았고, 그녀의 책이 봄볕처럼 따스해서 무척 좋았고, 그녀의 공연이 정말로 목욕탕 같아서 무척 좋았다. 이 과정을 구구절절 얘기하려면 시간이 너무 오래 걸린다. 나는 "그냥 다 좋았어요"라고 말한다.

진짜로, 인턴에 대해 말을 해야지. 나보다 밥을 더 많이 먹는 인턴에 대해서. 나보다 밥을 많이, 빨리 먹는 인턴. 많은 밥을 빨리 먹으면서 말도 많이 하는 인턴. 그 세 가지를 동시에 하는 인턴을 보니 부러워졌다.

수요일에 지방 공연을 하고 온 그녀는 잔뜩 풀이 죽어 있었다. 자신의 노래에 귀 기울일 준비가 되지 않은 관객들과 그런 관객의 입장에 눈뜰 준비가 되지 않아 만족스럽지 않았던 공연을 생각하며, 잊을 만하면 한숨을 쉬었다. 그 아쉬움은 본인이 지은 노래 〈만년필〉의 가사와 닮아 있다.

"맺지 못한 작은 점들이 떠오른다. 한 번에 하나씩, 한 숨에 한 걸음. 한 번에 하나씩, 두 숨에 두 걸음."

하지만 누군가에게 들려줬다는 것만으로도 노래는 가치가 충분하고, 공연의 의미는 아쉬움을 뛰어넘는다.

인턴은 요즘 매일 일기를 쓴다. 의자에 걸터앉아 핸드폰을 들고 다리를 쭉 뻗어, 나 보란 듯이 긴 다리를 자랑하며. 또는 소파에 드러누워 내 에코백에 다리를 올리고는 역시 핸드폰을 이용해서 뚝딱뚝딱 생각을 적어 내려간다. 일기를 다 쓰면 내게 말해준다. 그러면 난 인턴이 쓴 일기를 제일 먼저 읽고는 생각한다. '이런 사기 캐릭터!'

그녀는 내가 오른쪽 코딱지를 다 파고 이제 막 왼쪽 코딱지를 파려고 하는 그 짧은 순간에, 대단히 좋은 사유들을 문장으로 쏟아낸다(난 이 일기를 쓰는 데 적어도 하루는 걸릴 것이다). 그녀에게 이렇게 좋은 글을 어떻게 이렇게 빨리 쓰냐고 묻지 않는다. 나는 그녀가 한 번 숨을 내뱉을 때마다 한 문장씩 쓰고 있다는 걸 안다.

그녀는 '이내책방'이라는 어디에도 있고 어디에도 없는 책방을 금요일마다 꾸리고 있다. 부산에서 주로 열었지만 지금은 인턴 생활을 하는 이후북스에 자리를 잡아 그녀의 책 그리고 친구들이 만든 책을 팔고 있다. 그녀가 곧 책방이니 어디라도 갈 수 있는 책방인 셈이다. 이후북스라는 공간에 묶여 있는 나는 '이내책방'이 참으로 부럽다.

공간 없이도 공간이 되고 책 없이도 책을 전달해 줄 수 있다는 건, 손에 무언가를 쥐어야만 비로소 가졌다는 느낌이 드는 마음의 반대편에 자리한 것일 테다. 일찍이 주먹을 펴야 더 많은 것을 가질 수 있다고 〈와호장룡〉에서 리무바이 사부가 말하였는데 그 실천이 아니겠는가.

나도 주먹에 힘을 빼기로 한다(주먹에 쥔 것도 없지만).

어쨌거나 계속, 인턴에 대해 얘기해보기로 한다. 그녀는 오늘도(금요일) 공연을 한다. 공릉동에 있는 독립책방 '지구불시착'을 운영하는 사장님의 부름을 받고 공릉도서관으로 갔다. 길 위의 음악가, 어디서나 동네 가수, 할머니 포크가수가 되길 바라며 최근엔 스스로가 책방이라고 말하는 그녀. 욕심이 없는 듯 많고, 많은 듯 없는, 이후북스 인턴이자 이후북스 전속 가수가 '마음을 다해 대충' 노래를 부르고 왔으면 좋겠다.

요즘 우리는 뭐든 마음을 다해 대충 하기로 작정한 사람들 같다. 안자이 미즈마루의 그림 철학이 실로 큰 영향을 미쳤다.

"저는 뭔가를 깊이 생각해서 쓰고, 그리고 하는 걸 좋아하지 않습니다. 열심히 하지 않아요. 이렇게 말하면 '대충 한다'고 바로 부정적으로 보는 사람이 많지만, 대충 한 게 더 나은 사람도 있답니다."
—안자이 미즈마루, 《마음을 다해 대충 그린 그림》에서

하지만 안자이 미즈마루는 현시점에서 최고의 완성도를 찾아내는 사람이지, 시간이 없어서 대충하는 사람

은 아니다. 그렇다면 다음 주문은 이거다.

> "내가 외울 수 있는 유일한 주문, 지금 여기, 내가 기댈 수
> 있는 유일한 주문, 우리, 함께."
> —〈지금, 여기〉, 이내 3집 〈되고 싶은 노래〉에서

책방이 항상 부족하고 모자라다는 생각을 떨쳐버리기 어렵다. 그건 아마 내가 그래서일 것이다. 하지만 다시 채우려 든다. 지금, 여기 빈 서가에 책을 꽂듯이. 하지만 비우는 것이 먼저다. 언제나 빈 서가가 있어야 한다. 난 서가 한편을 비워두는 사람이고 그게 이후북스의 유일한 영업 비밀이다. 이건 인턴에게 하는 말이다.

고양이 또 고양이

책방일기를 못 쓸 것 같다. 원래 집에 와서 짬을 내어 썼는데 이제 그 짬을 육아에 쏟게 되었다. 세상 고양이들은 왜 이다지도 귀엽단 말인가. 그래서 책방일기가 아니라 육묘일기를 써야겠다.

지난날 상냥이가 구조한 아깽이, '루팡'이는 생후 2개월로 추정되는 삼색이로 다리에 심한 상처를 입었고 배에도 염증이 있었다. 지금은 집에서 나의 보살핌 속에 잘 지내고 있다. 그리하여 이 집의 서열을 정리하자면….

도루
암컷으로 치즈색이 섞인 고등어 무늬. 몸무게 5킬로

그램. 6년 전 비 오는 날 고갱이랑 같은 박스에 담겨 버려 졌음. 당시 생후 2주 정도로 추정. 좋은 집사(황부농) 만나서 부잣집 외동딸처럼 자라났음. 동생 고갱이에게는 무척 도도하게 굴지만 집사에게는 애교냥. 부르면 "야옹" 하고 달려옴. 둘째가라면 서러울 깔끔냥이로 물에 먼지라도 있으면 먹지 않음. 고갱이가 물을 먹다 '건더기' 를 흘리는 경우가 많아 매번 물을 새로 갈아 줘야 함. 세 상에서 자신이 제일 예쁜 줄 아는데 사실 내 눈에도 그 렇게 보임.

취미: 그루밍(내 털은 고와야 하니까)

특기: 집사 배 위에서 꾹꾹이 하기. 심심하면 고갱이 에게 하악질. 아마 고갱이에게 냄새나서.

고갱

수컷으로 턱시도 무늬. 몸무게 8킬로그램. 도루랑 같 이 버려진 점으로 보아 둘이 남매로 추정. 덩치를 보면 도루보다 먼저 태어난 것도 같은데 하는 짓이 모자라 그 냥 동생으로 키웠음. 엄마젖을 덜 먹어서 그런지 아기 때 부터 내 손가락 빠는 게 취미였음. 한번 빨기 시작하면 지문이 다 없어질 지경임.

특기: 물 먹다가 건더기 흘리기. 숨바꼭질. 낯을 많이

가려서 낯선 사람이 오면 번개처럼 숨어버림. 그러나 엉덩이가 커서 다 보임. 찾는 척하면 지가 잘 숨은 줄 알고 엉덩이를 씰룩씰룩함. 이때 웃음을 터트리면 자존심이 상할 수 있으니 모른 척해야 함.

취미: 밥 달라고 귀 옆에서 야옹야옹야우웅야오옹.

루팡

암컷 삼색이. 생후 2개월로 추정. 다리 염증이 다 아물지 않아서 깔때기 쓰고 있음. 환경이 달라져 온순한 척하는데 밥 먹을 때 보면 거지 새끼가 따로 없음. 매 끼니마다 넉넉히 주는데도 환장하고 먹겠다며 달려듦. 며칠 전엔 사료 찌끄러기 묻은 엄마 손을 깨물깨물. 먹을 때 빼고는 온순함. 다리가 굉장히 길어 식빵 자세를 하면 다리가 밖으로 막 삐져나옴. 아마도 살이 안 붙어서 그런 것 같음. 춥고 험한 길에서 생활하다가 따뜻한 집에 오니 살판남, 은 모르겠고 이불에서 뒹,굴 화장실에서도 뒹굴 식탁 위에서도 뒹굴 뒹굴 언니 방석 위에서 뒹굴 뒹굴 뒹굴 오빠 방석 위에서 뒤이이이이이잉굴.

다시 도루

루팡이가 와서 신경이 매우 날카로운 상태임. 평소

에도 코흘리개 고갱이 때문에 신경 거슬렸는데 길에서 뒹굴던 녀석이 들어와 짜증 많이 남. 여기저기 하악질 해대며 돌아다니는데 정작 루팡이한테는 무서워 다가가지도 못함. 싸워봤어야 선빵을 날리든 말든 하지. 집사의 사랑을 독차지하기 위해 더욱더 무릎냥이 되어 냥냥거림. 이쁘다 이쁘다 백번 말해줘야 함. 내 눈에는 정말 백번 이쁨.

다시 고갱

며칠은 루팡이를 피해 다니기 바쁘더만 슬슬 다가가기 시작함. 근데 냄새만 맡고 삼십육계 줄행랑. 덩치는 루팡이의 다섯 배. 그냥 엉덩이만으로도 루팡이를 납작하게 만들 수 있는데…. 스트레스 받으면 꼬리털을 뜯는 버릇이 있는데 다행히 꼬리털 뜯은 흔적은 없으니 나름 지낼 만한 듯. 오늘은 루팡이 먹던 사료를 먹으려 해서 혼남. 과연 먹는 것에서는 지지 않음. 괜히 도루에게 하악질을 당하지만 잘 때 도루 엉덩이를 베고 자는 걸 보면 뒤끝 없음.

다시 루팡

첫날 똥오줌을 아무 데나 싸더니 하루 만에 화장실

을 찾아서 대소변 보기 시작. 대견하다 칭찬하고 얼마 지나지 않아 집사 식탁 위로 올라와 반찬 집어먹으려다 호온남. 자동 급식기에 손을 집어넣어서 사료 빼먹다가 또 호온남. 놀아주니 아랑곳 않고 미친 듯이 뛰어다님. 그냥 천둥벌거숭이 아깽이.

　길에서 살던 루팡이를 데려오니 음식물 찌꺼기를 먹고 지낼 길고양이를 새삼 생각하게 된다. 내 주변엔 고양이를 많이 키우고 사랑하는 사람이 대부분이지만 아직 우리나라 정서는 길고양이를 적대하는 쪽에 가깝다. 길고양이는 가장 가까운 이웃이다. 괜히 괴롭힐 이유가 없다. 겨울에는 길고양이와 책방에 더 온정을 베풀자. 나라의 도덕적 수준은 동물을 대하는 태도를 보면 알 수 있다고 일찍이 간디가 말하였다. 우리나라는 아직 갈 길이 멀다. 강아지든 고양이든 동물을 돈 주고 사는 사람이 없어야 번식장도 없어진다. 번식장의 그 끔찍함을 어떻게 해결할 것인가? 막상 귀여워서 키우다 버리는 경우도 허다하다. 작고 힘없는 것들을 괴롭히는 것이야말로 악질이다.

고양이의 정체

　책방에 대해 별로 할 말이 없으니 고양이에 대해 쓴다. SNS에서도 고양이 사진을 올리면 하트를 더 받는 것처럼 고양이에 대해 쓰면 반응이 더 좋을지도. 그러나 오늘 글은 딱딱한 자연과학적 지식을 바탕으로 쓰고자 한다.

　고양이는 동물계 척삭동물문 포유류강 식육목 고양이과에 속해 있는데, 이런 자연과학적 혹은 생물학적 분류가 엉터리임을 밝히고자 한다. 척삭동물이란 쉽게 말해 척추가 있는 동물이다. 그 반대는 무척추동물로서 연체류인 오징어가 대표적이다. 척추가 없기 때문에 휘어짐이 매우 용이하고 미끄덩거리듯 손에서 빠져나가고 체형이 변형되기 쉽다. 지금 내 손에서도 삼색 고양이 루팡이가 미끄덩거리듯 내 품 안에 들어와 흐물거리다가 꿀럭꿀럭 다리 사이를 부드럽게 지나갔다. 고양이를 척삭동물이라 할 수 있을까? 아니 어딜 봐도 연체동물에 가깝지 아니한가.

그러나 난 고양이 연체동물설보다는 조류설이 더 신빙성이 높지 않나 싶다. 고양이를 키우거나 유심히 본 사람들은 알 것이다. 고양이가 하늘 위로 휙휙 날아다니는 것을. 물론 날개가 약간 퇴화되어 새처럼 높게 날진 못한다. 그래도 책장 맨 꼭대기까지 거뜬히 날아올라, 꼭 보지도 않는 책을 하나씩 툭툭 떨어뜨리니 조류라는 걸 부정할 수가 없다.

한편, 고양이 식물설도 있다. 고양이의 하루를 보면 동물보다 식물에 가까운 삶을 산다. 바람이 불면 부는 방향에 따라 털만 움직일 뿐, 아까도 누워 있고 지금도 누워 있고 다시 보니 여전히 누워 있다. 겨울에는 인간보다 더 오래 이불 속에 있다. 이 정도면 식물도 아니요, 그냥 사물에 가깝다. 그러다 가끔 하품을 한다. 송곳니가 반짝거리는 걸 보면, 고기 좀 찢을 것 같은 맹수이고 날카로운 발톱을 드러내면 야성이 살아…, 아니네! 앞다리가 찹쌀떡*이네. 사실은 떡류였구나!

그런가 하면 우리 집 턱시도 무늬 고양이, 고갱이는 분홍색 발바닥에 검붉은 무늬가 있는데 아이스크림 체리쥬빌레에서 파생되었다는 설이 내 입에서 나와 내 입으로 떠돌고 있다. 그리고 독립출판물 그림책인《다시 봄 그리고 벤》의 제작자 미바와 조쉬가 키우는 고양이 니오는 그 털의 부드러움이 가히 페르시아 카펫처럼 부드러웠고 무늬도 화려했다(페르시아 카펫이 어떤 부드러움을 가졌는지는 실상 모릅니다). 그러니 고양이 카펫설이 나오는 것도 무시할 수만은 없다. 그 밖에 고양이 미꾸라지설, 고양이 검은봉다리설, 고양이 식빵설 등등 다양한 비과학적 연구가 진행되고 있는데 어쨌거나 앞으로 계속 지켜볼 일이다. 도대체 고양이의 정체는 뭐란 말인가?!

• 고양이의 귀여운 흰색 앞발을 고양이 마니아들은 '찹쌀떡'이라고 한다.

은유로서의 고양이

    일요일이라 책방 영업 안 했으니 오늘도 고양이에 대해 말해야겠다. 책방일기의 지분 중 4분의 1은 고양이에게 있으니까.

    고양이를 좋아하냐고 많은 질문을 받고 나도 많이 물어본다. 책방에서 고양이 덕후 모임도 하고 고양이 책도 많고 집에서 키우는 고양이 사진도 올리며 애정을 과시한다. 그래서 고양이를 좋아하는 분들이 자주 오고, 우연히 왔다가 자신도 고양이 좋아한다며 활짝 반기는 손님도 많다.

고양이??

고양이가 낯선 분들에게 고양이의 매력이 뭐냐? 키우기 힘들지는 않냐? 좋으냐? 뭐가 좋냐? 질문도 많이 받는다. 고양이의 매력이야 이미 여러 차례 말했다. 귀여움이지. 사랑스러움이지. 보드라움이지. 포근함이지. 따뜻함이지. 말만 하나? 사진으로 매일 보여주기도 하는데. 사실 나에게 고양이는 하나의 은유이기도 하다.

고양이!

"야옹"이라는 하나의 자기만의 언어를 가진 존재. 그래서 대체불가의 존재. 누군가의 욕망의 대상인 존재. 다양한 존재. 다양한 자세와 다양한 성격과 다양한 표정과 무지개처럼 다양한 색깔로 다양해지는 존재. 그 다양성으로 충분한 존재.

고양이.

세상으로부터 어떤 오해를 가진 존재. 고양이는 주인을 따르지 않아. 고양이는 말을 안 들어. 고양이는 새침해. 고양이는 잔인해. 고양이는 무서워. 고양이는 사나워. 대체로 고양이에 대해 모르는 사람일수록 무심코 못된 말들을 내뱉고 잔인하게 바라본다. 누군가를 부정적인 시선으로 바라보고 있다면 그 대상에 대해 정말 잘 알고 있는지 생각해볼 일이다.

고양이.

좁은 골목길에서 생존을 걸고 분투하는 존재. 하지만 잘 보이지 않는 존재. 새벽에도 움직이는 사람들처럼, 어두운 곳에서 냄새나는 곳에서 무언가를 짊어지고 가는 사람들처럼, 힘겨운 존재.

고양이.

한 끼의 식사를 위해 온종일을 돌아다녀야 하는 고양이. 살기 위해 견디는 존재. 매일 출근하고 퇴근하는 존재. 일상의 책임을 짊어진 존재. 세상을 굴리는 존재.

고양이.

이기심에 희생양이 되는 존재. 폭력 앞에 스러지는 존재. 연약하고 나약한 존재. 돈 없고 빽 없는 존재. 어딘가에서 두려움을 안고 불안한 삶을 유지하는 존재. 예쁜 것으로 포장되는 존재. 부정당하는 존재. 낮은 곳에서 웅크리기를 반복하는 존재. 이름을 미처 부르기도 전에 떠나는 존재. 잊히는 존재.

고양이.

"고양이"라고 말하는 순간, 소외된 것을 생각해본다. 추위에 떨고 더위에 지쳐가는 것을 그려본다. 고양이를 계속 사랑해야지.

고양이.

지켜주고 편들어주는 친구가 되어야지. 고양이가 되어야지. 누구나 고양이 같은 은유를 하나쯤 가지고 있으면 좋겠다.

동업자에 대하여

오늘은 동업자 상냥이에 대해서 적어볼까 한다.

재잘거려서 참새, 쫑알거려서 또 참새, 짹짹거려서 역시 또 참새라는 별명이 있다. 근데 왜 상냥이가 되었냐면, 책방 오픈 초기에 우리 엄마가 전화해서 동업자처럼 너도 상냥하게 굴어라, 라고 해서 상냥이가 되었다. 지금 엄마가 보면 나를 상냥이라고 할 텐데….

상냥이는 겉으로만 상냥하고 뒤에서 담화를 즐기는 성격이라고 차마 쓸 수는 없고(겉과 속이 아주 같은 친구입니다), 뒤끝도 없어서 매일 나와 투닥거리지만 이렇게 동업을 유지하고 있다.

상냥이는 일주일에 이틀이나 사흘 정도 출근하는데

1월에는 독감에 후두염에 장염까지 걸려서 그 모습을 보기가 더 힘들었다. 아직 상냥이를 한 번도 목격하지 않은 분들도 있을 텐데 그래서 동업자가 사실은 고양이더라는 설이. 우리는 같이 있으면 싸우고 떨어져 있으면 그리워하는 이상한 사이인데 어쨌든 책방을 운영하는 데 있어 여러모로 상생하고 있다.

동업자 상냥이의 역할은 크게 두 가지다. 우선 포스터, 명함 등의 디자인을 한다. 그리고 모임이 있을 때 사회를 본다. 그리고… 그리고… 아, 더 없나? 맨날 부려먹는다고 하는데 막상 쓰려고 하니 역시 하는 일이 별로 없군, 이러면 침 튀기며 내가 왜 하는 일이 없냐구 마구 쏘아대니, 절대로 이렇게 말해선 안 된다. 실상 굉장히 큰 도움을 받고 있으며 없어서는 안 되는 존재다. 정말로!

이후북스에서 이런저런 모임을 할 수 있는 건 다 상냥이 덕이다. 모임 기획은 내가 하는데, 상냥이 마음에 들어야 한다. 지금도 하고자 하는 모임이 있는데 상냥이한테 까였다. 둘 다 책을 매우 좋아하는데, 나는 느리게 매일 읽고, 상냥이는 빠르게 가끔 읽어서 결국 읽는 양은 비슷한 것 같다. 그래서 둘이 합쳐야 겨우 남들, 책 좀 읽는 독자들만큼 읽었다 할 수 있을 것 같다. 한편 나는 책을 읽고 나서도 말을 아끼는 편인데 상냥이는 한 줄을 읽고도 많은 말을 쏟아낸다. 대단한 능력이다.

각자가 좋아하는 책을 골라서 책방에 구비하는데 대체적으로 상대방이 추천한 책을 거부감 없이 받아들이는 편이다. 그러니까 상대방이 29금 에로물에 환장하지 않는 것이 다행, 앗 나 에로물 좋아하니까, 다시 다시, 인문학적 호기심이나 정치색 등 아무튼 취향이 비슷하다 (결론은 동업자도 29금을 좋아하는 걸로). 다른 건 다른 대로 서로를 존중하고 있다.

같이 있으면 부딪히는 일 중 하나는 책의 배치에 관해서다. 상냥이는 책을 주제별로 놓으려 하고 나는 책을 크기별로 놓으려고 한다. 책의 크기가 들쭉날쭉한 것이 나는 꼴 보기 싫지만, 상냥이는 당연히 책을 주제별로 묶어야 한다고 생각한다. '서 있는 자리에서 방향만 바꾸면 모든 책이 다 보일 텐데 뭘 굳이?'라는 건 내 생각이고, 당연히 주제별로 놓는 것이 손님들 보기에 편할 것이라는 게 상냥이 생각이다. 책방은 주로 내가 지키고 있으니 주제와는 무관하게 진열되어 있지만 그래도 요즘엔 상냥이의 의견에 맞추어 진열하려고 노력한다.

동업자는 평일 저녁 7시 이후에 나타나거나 주말 오후에 나타나는데(회사를 다니고 있다) 손님인 척 테이블에 앉아 있다가 손님이 들어오면 옳다구나, 하고선 책을 마

165

구마구 소개한다. 손님들에게 책을 추천하는 게 즐겁나 보다. 낯선 사람들과도 별다른 어색함 없이 지내는 사람 친화적인 성격인데, 그래서 처음부터 굉장히 사적인 얘기를 잘 털어놓는다. 듣다 보면 '나한테 이런 얘길 왜 하는가?' 싶기도 하겠지만 타고난 본성이니, 당황하지 말고 들어주세요. 그만큼 상대방도 편한지 쉽게 마음을 연다.

어쨌든 나는 상냥이와 같이 있으면 손님 응대를 안 해서 편한데, 상냥이의 얘길 들어주는 손님들도 과연 편할까 싶다. (물론 저도 책을 추천해달라고 하면 잘 알려드립니다. 얼굴엔 부담스러워, 라고 써 있을지도 모르지만 좋아해요.)

동업자에 대해 쓰다 보니 쓸게 많네. 시간이 되면 한 번 더 동업자에 대해서 써야겠다(그리고 이 글은 동업자가 "왜 책방일기에 내 얘기는 쏙 빼놓고 하냐"고 해서 쓰는 것이 절대로 아님을 알려드립니다).

동업자에 대하여 2

　지난번에 이어 동업자 상냥이에 대해 더 써보기로 한다(이것 역시 상냥이 본인이 자신에 대해 긍정적인 얘기를 하라며 부추겨서 쓰는 글이 아니다. 물론 상냥이를 아는 사람은 글 속에 있는 상냥이의 목소리를 들을 테지만).

　며칠 전 고양이책방 슈뢰딩거의 사장님이 방문했다. 곧 책방을 이전할 계획인데 새로운 곳에서는 친구와 동업을 할 예정이라며 조언을 구하였다. 난 조언해줄 게 없었다. 상냥이와 내가 제대로 동업하고 있는 건지 나도 의문이기 때문이다.

　솔직히 말하면 우린 손님이 없을 때 접시가 깨지도록 싸운다. 불과 어제도 쿠폰 겸 독서카드를 만들다 간판이 날아갈 정도로 싸웠다(겨우 몇 포인트 선 굵기 때문에). 손님이 있으면 그나마 표정을 관리하지만 없을 땐 프레데터와 에이리언의 싸움이 따로 없다.

그래도 슈뢰딩거 고양이 사장님이 귀엽게 야옹하며 물었으니 뭐라도 얘길 해줘야 할 것 같아서 내 경험에 비추어 볼 때 엄청 싸워야 한다고 했다. 서로 너무 배려하고 조심하면 나중에 불만이 쌓이고 쌓여 벽처럼 높아진다고. 볼 꼴 못 볼 꼴 다 보여주고 상대방에게 아무런 기대도 하지 말라고 했다.

하지만 돌아서니 생각이 바뀌었다. 그래도 상대방을 배려하고 존중해야지. 숨김없이 솔직하되 감당할 수 있는 언어로 표현하며, 둘의 관계보다 더 중요한 것은 없음을 바탕에 두고, 서로 의지해야지. 이렇게 생각하면서도 상냥이와 싸운다. 하지만 돌아서면 잊어버리니 그건 성격인 것인지 그냥 서로에게 체념한 것인지.

나와 상냥이는 제주에서 동업의 실패를 맛보았지만 여전히 동업 또는 협업을 추구한다. 나의 부족한 점을 상대방이 채워주기 때문이고 나 혼자서는 벅찬 일을 상대방이 거들어주기 때문이고 나 혼자라면 심심했을 일이 재밌어지기 때문이다(그래서 지금도 책방 지분을 나눠준다며 사람들을 꼬시는 중인데 워낙에 지분이랄 게 없는 책방이라

쉽지 않네).

어쨌든 상냥이와 간판이 부서질 정도로 싸우지만(다행히 아직 안 부서졌다) 책방을 오래오래 같이 운영하자는 아름다운 결말로 끝을 맺는 경우가 대부분이다. 우린 서로의 부족한 점을 너무나 잘 알고, 한 번 싸우면 결국 두 번 웃으니까.

목요일에 "삶을 재미나게 하는 모든 것을 취급"하는 가상 회사인 종합재미상사에서 짝 잃은 장갑을 찾아주는 행사를 했는데 외짝만 있는 게 아니라 짝이 다 있는 장갑도 있었다. 다른 주인을 기다리는 장갑이었다. 난 손이 작은 상냥이 생각이 나서 가장 작은 장갑을 하나 골랐다. 빨간 줄이 달린 장갑이었다. 저녁때 책방에 온 상냥이에게 장갑을 선물로 줬다. 손에 꼭 맞는다며 좋아하더라.

중요한 건, 장갑이 생겨 무척 기분이 좋아진 상냥이가 장장 2개월간 질질 끌던 쿠폰 겸 독서카드의 디자인을 드디어 완성한 일이다. 장갑 하나에 엔도르르르르르를 편 아드레나아아아아알린 도파르르르르르르민이 샘솟는 상냥이인데 그것 하나를 진작 선물하지 못하고…. 내가 잘못했네.

책방을 응원하는 당신에게

　내가 알고 있는 한 손님은 내게 책방 문 닫지 않아서 고맙다고 한다. 책에 든 문자처럼 촘촘한 걸음으로 책방을 구석구석 둘러보는 그분은 올 때마다 기어코 책을 사 간다. 나야말로 고마운데.

　내가 알고 있는 한 손님은 항상 현금으로 계산을 한다. 주머니에서 꼬깃꼬깃한 지폐를 정성스레 꺼내 든다. 책을 사기 위해 마치 준비했다는 듯이. 가끔 카드를 꺼내 들 땐 미안하다고 한다. 미안해하지 않아도 되는데.

　내가 알고 있는 한 손님은 내가 만든 음료가 우주에서 최고라고 말한다. 우주의 모든 음료를 마셔보지도 않고서. 노란 레몬차를 마시면 노란 표정으로, 빨간 자몽

차를 마시면 빨간 표정으로, 내가 만든 것보다 훨씬 맛있는 표정을 지어준다.

내가 알고 있는 한 손님은 굳이 내게 연락하여 책을 주문한다. 당일 배송 시대에 일주일이 넘게 기다려 주문한 책을 받아서는 고맙다고 한다. 이럴 땐 누가 더 고맙나, 내가 더 고맙지.

내가 알고 있는 한 손님은 이후북스의 판매전략에 대해 나보다 더 고민한다. 마치 자신의 일인 양. 봄볕처럼 따사로운 마음이 전해져서 매일같이 만나고 싶다.

내가 알고 있는 한 손님은 항상 내게 밥 먹었냐고 묻는다. 책방에서 굶지나 않을까, 걱정하는 마음이 공깃밥처럼 든든하다. 먹을 것을 나눠 먹으면 언제나 유쾌한 맛이 난다.

책방을 지켜봐주고 응원해주는 ㄱㄴㄹㅅㅇㅈㅊㅎ…. 한글 모음처럼 각양각색의 당신들.

나에게 고마움은 어디에 있나? 주름진 남방 세 번째 단추에 달렸나?

무심코 지나치기 십상이지만 채우지 않으면 어설픈 모양새가 되는.

쉽게 떨어질 것 같지만 조금만 손쓰면 단단해지는.

꼭 움켜잡고 싶은 고마운 마음이 단추처럼 대롱대롱 달렸다.

매번 말하지 못하지만 항상 품고 있다.

고맙다(반말 찍찍).

아낌없이 사랑하길

오늘 책방일기의 제목은 '제작자(작가, 편집자, 출판사)들에게 고함'이라고 쓰려다 고쳤다. 어쨌든 그들에게 하고 싶은 말이다. 우선 어투부터 바꿔야겠네. 어울리지 않겠지만 공손하게.

안녕하세요. 책 만드는 모든 분들, 이후북스에 책을 입고하신 분들, 입고하려는 분들, 입고된 책에 관심을 보여주시는 분들, 관심 따위 없으신 분들까지도 반갑습니다. 이후북스는 이제 2년 숙성된 책방입니다. 뭐, 숙성이랄 것은 없습니다. 더는 맛이 가지 않으려 노력할 뿐이죠.

책방을 열고 지금까지 이런저런 일 속에 즐겁기도 하

고 지치기도 하고 재밌기도 하고 심심하기도 했습니다. 책은 팔아도 팔아도 더 팔고 싶은 그 무엇이더군요. 많이 팔아야 저도 먹고살고 여러분들도 즐거울 거란 생각을 하고 있습니다. 책방에서 판매하는 책은 모두 애정을 가지고 판매하고 있으며, 그런 사랑 없이는 책방도 아무 의미가 없습니다. 그래서 저는 최대한 책을 많이 맛보고 그 맛을 나누려고 합니다. 하지만 책의 종수가 점점 늘어나서 한계에 부딪칩니다(종수와는 무관할지도). 어쨌든 저의 몸뚱이는 하나이고, 모든 책에 대해 각각의 맛을 표현하지는 못합니다.

다만, 여러분 스스로 제작한 책에 대해서 저보다 더 잘 알고 더 많은 애정을 품고 있으며 더 많은 이야기를 들려줄 수 있을 것입니다. 여러분의 결과물을 사랑하시겠지요? 누군가가 읽어주었으면 좋겠다는 마음으로 만드셨겠지요? 나를 혹은 누군가(무언가)를 알리고자 하는 마음으로 쓰고 찍고 만드셨겠지요? 그러면 많이 표현하시길 바랍니다. 여러분이 만든 책을 자랑스럽게, 때론 뻔뻔하게 알렸으면 합니다.

책방에 책을 비치해둔다고 책이 팔리지 않습니다. 제가 아무리 책방에 오라고 떠들어 많은 분들이 이곳에 온다 해도 책이 다 팔릴 리 만무합니다. 객관적인 시선이야 어쨌든, 우선은 주관적인 힘으로 최대한 사랑하고 그 사랑을 아낌없이 보여주시기 바랍니다. 자신도 사랑하지 않는 책을 그 어떤 독자가 사랑하겠습니까? 아끼지 말고 여기에 이 책이 있다, 이 책을 내가 만들었다, 내 책이 이런 책이다, 라고 이야기해주시기 바랍니다. 그런 마음으로 만들었길 바라고, 그런 마음으로 사랑하고 표현하길 바랍니다.

저는 여러분의 그런 사랑에 그저 젓가락을 올려 반찬을 가리키는 역할을 할 뿐입니다. 독자들이 떠먹으라고요. 많은 독자가 찾는 반찬이 있을 것이고 외면하는 반찬이 있겠지만 어떤 맛인지 어떤 위치에 있는지는 알려줘야 합니다. 다만, 독자들 입에 안 맞을 수도 있겠지요. 그건 두려워할 일이 아닙니다. 누구의 입맛에도 다 맞는 책은 없습니다. 작품 뒤에 숨지 않을 때 더 큰 사랑을 마주할 수 있습니다. 여러분의 다음 작품은 더 사랑스러울 것입니다.

저는 여러분의 책을 사랑합니다. 여러분은 여러분이 만든 책을 사랑합니까? 그럼 그 사랑을 보여주길 바랍니다. 이상입니다.

이후북스 책방지기 드림.

(원래 편지글이었나?)

즐거울 것

　　자신의 결과물을 아낌없이 사랑하고 또 표현하라고 쓴 책방일기로 많은 분들에게 '좋아요'를 받았다. 근데 한 명한테 장롱만 한 옐로카드를 받았으니 그건 바로 동업자. 동업자 왈, (초음파 목소리로) "네가 무슨 책방에 있는 책들을 다 사랑하냐~~~~~~~"라는 것이었다. 아 나의 조커 같은 동업자여.

　　사실 책방의 책을 다 같은 온도로 사랑하지 않는다. 지난번 총판에서 구입한 어떤 책은 3분의 1 정도 읽다가 도저히 더는 읽을 수가 없어서 내려놓았다. 추천은 고사하고 김치 없는 김치부침개를 먹는 중이라고 쓰려다 말았다. 손님이 그 책을 고른다면 팔아야 할지 별로라고 해야 할지 고민이 되었지만, 책도 내가 보기 싫었는지 황급히 판매되었다(부디 그분의 취향엔 맞아서 재밌게 읽었길 바란다). 어쨌든 그 책은 책방에 다시 들여놓을 일은 없을 것이다.

책방을 운영하면서 어려운 점 한 가지를 꼽으라면 책에 대해 좋은 얘기만 해야 한다는 것이다. 단점이 있더라도 침묵한다(지금도 위의 책이 무엇인지 말 못하잖아). 단점을 얘기한다고 책에 대한 애정이 없는 건 아니지만 그렇게 얘기해버리고 나면 확실히 손님들은 손에서 책을 내려놓는다. "이 책은 문제의식이 돋보이지만 문장이 좀 난해해요('엉망진창이에요'의 순화된 표현)" "이 책은 묘사가 기막히지만 결말이랄 게 없어요('작가가 아무 생각이 없어요'를 에둘러 말함)" 정도로만 말해도 외면받는다. 아무렴, 문제의식도 돋보이지만 문장이 쉬운 책이 있으니까, 묘사도 기가 막히지만 결말까지 완벽한 책이 있으니까.

그나마 책방에 직접 오는 분한테는 장단점을 얘기할 수 있지만 온라인에 올리는 책은 아예 단점을 말할 수가 없다. 그래서 싫으면 아예 안 올리지만 사실 안 읽거나 시간이 없어서 못 올리는 경우가 더 많다. 이 문제는 최대한 (내가) 좋은 책, 추천하고 싶은 책 위주로 구비해 둬야지, 라는 결론으로 끝이 나고는 한다. 그래도 단점은 발견되겠지. 소곤소곤 얘기하고 다녀야 하나? 아니, 애매모호한 표현을 써야겠다. "이 책의 이야기는 똥 밟은 고양이 발바닥을 만지다 잠든 것 같아요."(좋은지 안 좋은지 잘 모르겠죠?)

지난 일기에 한 가지 더 덧붙여 말하자면, '사랑하긴 하는데 그걸 어떻게 보여줘야 하는가?' 하는 문제다. 그건 SNS에 책 사진을 최대한 많이 올리는 것인가? '좋아요'를 많이 누르는 것인가? 리뷰를 리포스트 하는 것인가? 맛집 사진을 올린 후 슬쩍 책에 대해 언급하는 것인가? 팔로워를 많이 늘리는 것인가? 계정을 많이 만드는 것인가? 광고비를 들여서 대외적으로 홍보하는 것인가? 마켓에 많이 참여하는 것인가? 기막힌 보도자료를 쓰는 것인가? 저명인사를 옆에 앉혀놓고 책에 대해 얘기하는 것인가? 책방에 지인들을 끌고 가서 책을 사게 만드는 것인가?(이후북스로 오면 좋겠네?) 책을 선물하며 추천사를 부탁하는 것인가?

사랑은 하는데 표현이 서투르다고 말할지도 모르겠다. 혹은 쑥스럽다고. 매일 집 앞에서 술 마시고 고래고래 소리 지르며 사랑한다고 외치는 인간이 부담스러운 것처럼, 누군가에게 부담되지 않을까, 걱정한다. 하지만 니체가 이런 말을 했다지. "추락할 것이 두려워 경직된

179

듯 서 있을 게 아니라 도덕을 넘어 떠다니며 유희할 수 있어야 한다"고(이 인용문은 《글쓰기의 최전선》 118쪽에서 발췌했는데 이어지는 모든 문장이 줄줄이 다 좋다).

유희. 난 유희에 방점을 찍고 싶다. 즐거운 것을 하고, 즐겁다면 하고, 이왕 뭘 하든 즐겁게 하고(하나의 즐거움을 위해 열 가지 괴로움을 견딜지라도). 뻔한 얘기 같지만 내가 즐기고 있는지 들여다보고 내 웃음이 남들에게도 즐거움일지 고민해보고⋯ 또 고민, 또 고민. 그리하여 황고민은 오늘도 흰머리가 500개는 더 늘었다는 결말이랄 게 없는(즐거운) 책방일기.

어느 건물관리인

저자와의 만남, '사람책' 행사에 인권활동가 박래군 선생님을 모셨다. 그 후기다.

자신의 분야에서 치열하게 살아가고 그 과정에서 무언가를 이루었으면 막 으스대고 어깨에 힘 좀 주고 고개 좀 들고 다니는 것이 정상은 아니겠지만 그럴 확률이 큰데 박래군 선생님은 그렇지 않았다. 본래 인권재단 '사람'의 소장이지만 스스로를 낮추어 그저 건물관리인이라고 자신을 소개했다.

인권위를 만들기 위해 추운 날 명동성당 앞에서 얼굴에 동상 걸려가며 했던 노숙 투쟁 이야기와 에바다 농

아원 정상화를 위해 똥물을 뒤집어쓴 이야기, 또 대추리 미군기지 저지 투쟁으로, 용산 참사로, 세월호 참사로, 싸우고 구속되고 도망 다니며 가난하고 힘없고 폭력 앞에 희생당한 이들과 함께했던 순간들을 이야기하는데, 마치 구멍가게에 가서 라면 사 왔다는 얘기를 하는 것처럼 평온하고 소탈했다.

인권 활동을 30년 동안 했으면서 인권이 무엇인지 모른다고 한다. 그럼 누가 압니까! 제가 그거 물어보려고 책방에 초대했는데요?! 하지만 난 요즘 모른다고 대답하는 사람이 좋다. 세상에 정답은 없으니까, 정답은 너무 많거나 아무것도 아니다. 그건 흐르는 물과 같고 변화하는 계절과 같고 깨지기 쉬운 거울 같고 낡은 상다리 같아서 계속 찾아야 하고 고쳐야 하니까. 그래서 박래군 선생님이 아직도 인권이 너무 어려워 모르겠다고 얘기할 때 정말 좋았다.

걸어온 길을 얘기하면서 이룬 성과를 타인의 공으로 돌리고, 고마워하고 잊지 않으려 했다. 초대해주셔서 고맙다고 내게 허리 숙여 인사했다(나는 고개를 어디까지 숙이라고). 인권 운동이 제일 열악하다면서, 인권 운동을 하라고 하셨다. 전두환은 죽여야 하는데 사형 제도는 또 반대하신다고도. 너무 편하게 얘기해서 정말 편하게 들었지만 한마디도 놓칠 수 없는 얘기들이었다.

그리고 어제 사람책에는 반가운 얼굴이 많이 보였는데, 반가운 얼굴들이 다음엔 새로운 얼굴들과 손잡고 오길 바란다. 공간은 내가 알아서 늘려보겠다. 자리 걱정하지 말고 제발 많이 찾아주세요.

믿음식당 사용설명서

　이후북스에 오는 손님들은 이제 웬만해서는 믿음식당에 가서 끼니를 해결한다. 어제 저녁엔 독립출판 작가 진발시 님이 책 입고 전에 믿음식당에 들렀고, 오늘도 믿음식당에 가니 익숙한 얼굴이 보였다. 고등어구이를 한 마리 시켰는데 두 마리를 주었다기에 난 밥만 추가해서 먹었다. 이모님은 밥값도 받지 않으셨다. 계란말이 서비스는 다반사고 천재 작가 서귤 님이 김치찌개를 시키면 취향에 맞게 비계를 듬뿍 넣어준다.

　그래서 쓴다. 믿음식당 사용설명서!!!

　믿음식당에 간다. 피크타임(점심피크 12:30~14:00 /

저녁피크 6:00~8:30)엔 사람이 많다. 어쩌면 자리가 없어 많이 기다릴지도 모른다. 그 시간대를 피해서 가면 되는데 테이블 위에 식기들이 치워져 있지 않을 때가 있다. 그러면 이모님은 바쁘니까 알아서 치우도록 한다.

1. 테이블 각자 치우기

넓은 쟁반은 주방으로 들어가는 입구 하단에 놓여 있다. 넓은 쟁반에 찌개 그릇을 놓고 반찬 그릇을 쌓은 후 주방에 가져다주면 된다. 쉽죠?

2. 반찬 직접 담기

반찬은 주방 입구 왼편에 있다. 직접 담으면 자신이 먹을 만큼 떠서 먹으니 좋고 좋아하는 건 좀 더 많이 먹을 수 있으니 좋다. 반찬 그릇은 여러 개 사용하면 설거지거리가 많이 나오니 가장 넓은 그릇 하나에 담도록 한다. 공깃밥은 오른쪽에서 그릇째 데워지고 있으니 온장고 문을 열고 꺼내면 된다.

3. 주 메뉴가 나오기 전에 밥을 깨작깨작 먹는다. 이때 맛있다고 너무 빨리 먹으면 안 된다.

4. 주 메뉴가 나오면 마구마구 퍼먹는다. 반찬이 떨어지면 알아서 퍼 먹는다. 김치찌개, 된장찌개, 순두부, 알밥 강추!!! 제육정식, 고등어정식도 추천!! 사실 다 추

천!!! 여름엔 냉면도 맛있다.

　5. 다 먹고 계산할 땐 이왕이면 현금으로 계산하고 현금이 없으면 카드 단말기에 카드를 꽂고 먹은 만큼 숫자를 누른다. 영수증은 챙기거나 버리거나 알아서 하고.

　6. 이모님에게 "잘 먹었습니다" 인사를 하고 나온다. 끝.

　내가 믿음식당을 좋아하는 가장 큰 이유는 이모님이 손님들을 대하는 마음가짐 때문이다. 뭐 하나라도 더 주려는 마음. 맛있게 먹어주는 손님들에게 고마움을 아끼지 않는 마음. 밥 한 끼를 잘 먹이고픈 마음. 그래서 힘들지만 하루하루 최선을 다하는 모습. 푸른 나물 같고, 담백한 달걀 같고, 뜨거운 찌개 같고, 든든한 공깃밥 같은 마음 때문이다.*

---

*　안타깝게도 믿음식당은 현재 사라졌습니다. 삶의 낙이 없어요.

북머신

아주 먼 미래에 책 읽는 내 모습을 생각해봤다.

책을 읽어주는 기계가 있다. 미래에는 하늘을 나는 자동차도 있을 것이며, 바닷속에 지어진 집도 있을 것이다. 화성에서도 살고, 수성에서도 살 수 있(으면 살고 없음 말고)다. 이런 것들에 비하면 책 읽어주는 기계쯤 식은 죽 먹기라고도 할 수 있지. 아무튼 그 기계를 편의상 '북머신'이라고 하자. 원하는 장르나 취향 또는 작가를 얘기하면 몇 개의 목록을 골라서 알려준다. 각각의 책에 대한 장점과 단점, 문체나 사상과 간략한 줄거리 등도 알려준다. 그러면 나는 그중 가장 솔깃한 것을 지목한다. 나는 편안한 소파에 앉아 맥주나 밀크셰이크나 수박주스 등을 마신다. 내가 소파에서 일어나면 북머신도 읽기를 멈춘다. 원하면 따라다니며 읽어줄 수도 있겠다. 화장실이든 침대 위든 자동차 안이든. 기분에 따라 저음의 안정적인 목소리를 선택할 수도 있고, 발랄하고 활기찬 목소리를 선택할 수도 있다. 배경음악이 자동으로 흐른다. 북머신의 기본 판형은 줄일 수도 있고 늘릴 수도 있다. 페이지도 원하는 대로 추가하고 뺄 수 있다. 글씨만 띄워 어떤 자세로도 책을 읽을 수 있다, 아니 북머신을.

책이란 게 그런 것이 되어 버린 시대, 어느 좁은 골목길에, 10평 되는 가게에서, 네모난 종이에 깨알 같은 글씨가 적힌, 도대체 그게 무엇인지도 모를, 알더라도 전혀 쓸모없어 보이는, 그걸 파는 사람이 아마 나는 아닐 거야. 나는 북머신을 이용할 거야.

(지금은 북머신도 없는데 왜 책을 안 사나?)

시적인 일

오늘은 한가했다. 일은 많지만 대충 했다. 어제 독서 모임이 늦게 끝난 데다 집에 가서는 신메뉴인 토마토청*을 만들어 몸이 무거웠다. 오늘은 금요일. 나는 주말에 쉬는 것도 아니면서 불금의 기운이 전해져 일 따위 하고 싶지 않았다. 내가 대표이자 종업원이니 일을 대충 얼버무려도 뭐라 하는 사람이 없는 건 좋다(뒷감당은 더 많이 해야 하지만).

---

* 토마토청은 만들기가 번거로워 더 이상 만들지 않습니다. 방울토마토를 살짝 데쳐 껍질을 깐 다음 설탕과 1:1 비율로 섞어 만든 청에 탄산수를 타서 마시면 끝내주는 토마토에이드가 됩니다.

그렇다더라도 자리를 비울 수는 없어 책을 읽었다. 김소연 시인의 《눈물이라는 뼈》. 시를 틈틈이 읽는데 반은 알 것도 같고 반은 모르겠고 그렇다. 나는 시를 그렇게 읽는다. 도대체 뭔 소리를 하는 거지? 하면서도 그냥 읽는다. 시인의 의도와는 무관하게 특정 단어들의 조합 때문에 좋아하기도 하고, 언어의 리듬 때문에 좋아하는 시도 있다. "그 시가 무엇을 말하는 건데?"라고 물어보면 "몰라"라고 대답할 시가 태반일 테지만, 좋아한다. 많은 시들을.

한가하게 시를 읽으니 좋았다. 흔히 책방에서 여유롭게 책 읽으면 좋겠다고들 하는데, 속 모르는 얘기지만 가끔 없는 여유를 만들어 책을 읽으면 정말 좋다. 아마도 내가 책방을 열면서 꿈꿔왔고 책방을 내고 싶은 많은 이들이 이상적으로 여길 여유로움일 것이다. 근무 중에 그런 여유를 만들어 책을 읽는 것도 책방 주인의 일이다. 시를 읽고 시집을 추천하는 게 일이다. 오늘 내가 읽은 시집을 그래서 당신에게 파는 게 책방 주인의 일이다. 그리하여 당신과 내가 세상에 운율을 만들어내는 일이 책방 주인의 일이라는 것이다.

이해는 안 되지만 시적인 일. 21세기에, 좁은 골목길에서 작은 책방을 운영하는 일. 물론 그런 여유를 즐기기

191

위해 난 새벽에 일어나 콩을 볶고 밤에는 과일청을 담가야 하는 수고를 해야 하지만(이게 현실이죠).

가장 비싼 책

책방일기를 매일 쓰고 싶은데 늦은 밤까지 잡다한 일이 많다 보니 통 쓸 시간이 없다. 밖에서 이후북스를 들여다보면 머리도 안 감는지 맨날 모자 쓴 애가, 옷도 없는지 분홍색 옷만 입는 녀석이, 혼자 앉아서 한가하게 책만 읽는 것처럼 보이겠지만, 서너 가지의 모임을 계획하고 준비하고 또 사이사이 책도 읽고, 주문하고, 정리하고, 음료 준비 등 보이는 거랑 다르게 할 일이 많다. 그러다 일기는 건너뛰고 잠든다.

오늘 매월 발행되는 잡지 《책chaeg》을 읽는데 세상에서 가장 비싸게 거래된 책이 소개됐다. 그 책은 레오나르도 다빈치가 기록한 과학 저널 《코덱스 레스터Codex

Leicester》인데, 다빈치의 머리를 들여다보는 것처럼 수많은 이론과 아이디어, 관찰 일지, 연구 결과, 도면 등으로 가득 채워져 있다고 한다. 1994년 경매에 나와 무려 3080만 달러, 한화로는 356억 원에 달하는 가격에 거래되었다. 누가 샀냐면 최고 부자 빌 게이츠! 책 한 권에 356억 원이라니! 물론 단순히 책 이상의 책이겠지만.

책방에서 파는 책 중 한 권이 그렇게 거래가 된다면, 난 코딱지나 파면서 신간이 나오거나 말거나 신경도 쓰지 않으면서, 손님이 오거나 말거나 전혀 개의치 않으면… 안 되겠지. 나에게 《코덱스 레스터》는 없으니 걱정할 필요도 없지. 매일 코털이 삐져나왔는지 신경 써가며, 책의 좋은 구절을 기억해두며, 신선하고 알찬 모임을 위해 두뇌를 풀가동해야지. 그래야지.

누구라독

　조지 오웰의 책 《나는 왜 쓰는가》에 〈서점에서의 추억〉이란 에세이가 있다. 조지 오웰이 잠시 서점에서 일했던 때를 추억한 내용인데 첫 시작이 이러하다. "헌책방에서 일하던 때 주로 느낀 것은 정말 책을 좋아하는 사람은 드물다는 점이었다." 뒤이어 기억도 못하는 책을 찾아달라는 손님은 물론, 읽지도 않을 책을 주문하고선 찾아오지 않는 손님, 갈 곳 없는 정신이상자들도 찾아온다고 한 뒤에 "서점은 돈을 전혀 쓰지 않고도 오랫동안 서성일 수 있는 몇 안 되는 곳 중 하나이기 때문이다"라고 말한다.

　나는 조지 오웰과 하이파이브를 하고 싶어진다.

이어지는 내용은 서점 주인이 일주일에 70시간씩(그 것도 책을 구하기 위해 돌아다닌 시간을 뺀) 일을 하는 등 건 강에 좋지 않은 근무 환경을 언급하고 책을 대여해주는 시스템을 말한다. 그리고 결론. "내가 서점 일을 평생 하 고 싶지는 않은 진짜 이유는 그 일을 하는 동안 내가 책 에 대한 애정을 잃었기 때문이다. 서적상은 책에 대해 거 짓말을 해야 하는데, 그러다 보면 책이 싫어지게 된다."

나는 조지 오웰과 하이파이브하는 걸 넘어 같이 술 한잔하고 싶다.

그의 생각에 전적으로 동의해서가 아니라 이렇게 말 하고 싶기 때문이다. 그래도 몇 명은 책을 정말 좋아한다 고. 책을 좋아하는 것보다 책에 대한 얘길 나누고 싶어 하는 사람들이 찾는 곳이 책방이라고. 어차피 정신이상 자를 맞아야 한다면 책을 좋아하는 정신이상자를 맞겠 다고. 무엇보다 그들이 오랫동안 서성이게 만들고 싶다 고. 그리고 거짓말하지 않고 책 파는 팁을 알려줄 것이다.

아니지, 조지 오웰과 이런 얘길 왜 한단 말인가?

《1984》의 결말이 왜 그리 비극적인지 물어볼 것이 다. 스페인 내전 당시 죽음을 불사할 수 있었던 신념에 대해 물을 것이다. 제국 경찰 시절을 통과하여 런던의 밑 바닥 생활을 시작했을 때 두려움은 없었냐고도. 그리고 아내와의 관계도 물을 것이다.

하지만 조지 오웰은 이제 대답을 해줄 수 없으니 책방에서 조지 오웰을 좋아하는 이들이 모여 그저 얘길 나눌 뿐이다.

그렇게 한 달 넘게 조지 오웰에 대해 이야기했던 독서 모임 누구라독. 이제 한 주만을 남겨두고 있다. 지금은 다음 누구라독에서 읽을 책을 고민 중이다. 책방에서 모임을 하나만 해야 한다면 누구라독을 택할 것이다. 책방을 운영하지만 책 읽을 시간이 그리 많지 않은 나도 누구라독 덕에 그나마 독서를 한다. 책을 읽으며 얘기를 나누고 생각을 공유하는 건 책이 우리에게 주는 또 다른 경험이다. 영화는 여러 번 봐도 책은 두 번 읽기가 힘들다. 혼자서는 쉽지 않다. 무엇보다 독서 모임은 책방에 가장 어울리는 모임이기도 하다.

독서 모임을 활성화해서 조지 오웰도 다시 일해보고 싶은 책방으로 만들고 싶다. 어쨌든 누구라독에서는 책에 대해 거짓말을 할 필요가 없다.

타인의 서재

책방에서 책을 가장 많이 사는 사람이 누구냐고 물으면 난 주저 없이 말할 수 있다. 하루가 멀다 하고 찾아오는 언니들과 고정적으로 찾는 모임 멤버들이 물론 책을 많이 구매하지만, 가장 많이 구입하는 사람은 바로 나! 책방 주인인 나!

나는 이러저러한 이유로 책을 산다. 우선 내가 읽기 위해 책을 산다. 주변에서 추천 받은 책도 대부분 산다. 또 선물하기 위해 산다. 요즘엔 모든 선물을 책으로 한다. 앞으로도 쭈욱 책으로 할 생각이다. 그리고 독서 모임을 비롯한 기타 모임에서 읽기 위해 책을 산다. 위탁이 아닌 매입을 해야 하는 총판이나 출판사의 책은 안 팔리면 내가 가지지 뭐, 라는 마음으로 산다. 물론 팔리길 바란다. 요즘은 팔기 위해 책을 사는 게 아니라 내가 가지기 위해 책을 사는 일이 많아진다. 오늘도 내가 읽으려고 책을 몇 권 샀다. 몇 권은 팔 건데 몇 권은 안 팔릴 것 같다. 그렇게 또 책이 쌓여가고. 책방은 이렇게 그냥 나의 서재가 되어가는가? 그건 아니겠지? 난 책방이 당신의 서재가 되길 원합니다. 정말로.

책방이 타인의 서재와도 같은 곳이 되려면 어떻게 해야 할까? 대중의 니즈를 파악하고 고객의 동향을 분석하여 그들이 원하는 책을 구비해놓는 것일까? 목요일에는 회사원들이 많이 지나다니니 《대리에서 부장으로 가는 18가지 지름길》(없는 책이니 검색하지 마세요)을 노출시키면 매출이 오를 수도 있겠지만, 정말 상상만 해도 재미가 없군. 차라리 화장품 가게를 하고 말지.

나 아닌 다른 누군가에게 판매한다고 그들이 원하는 책을 구비할 필요는 없다. 왜냐면 난 그들을 모르니까. 그들이 무슨 책을 원하는지도 모르니까. 난 그저 내 취향을 보여줄 뿐이다.

게다가 난 우연을 믿는다. 스티븐 제이 굴드가 《생명, 그 경이로움에 대하여》에서 주장하는 건 생명의 우연성으로, 계획되지 않은 것이 만들어낸 어떤 위대함 또는 소중함이다. 참고로 이 책은 다양한 고생물들을 알 수 있는 매우 드라마틱한 과학서인데 무척 재밌다.

난 '우연'이 만들어낸 설명할 수 없는 결과를 좋아한다. 그러니까 타인의 취향은 고려하지 않으면서 우연히 타인과 취향을 공유하게 되는 결과를 바란다는 것이다. (그러면 안 되나요?)

전부는 아니겠지만 책방의 일부는 이미 누군가와 공유하고 있지 않은가. 한 권의 책을, 한 줄 글귀를, 작가를 향한 애정을, 책을 비추는 조명을, 또는 책장을.

매 순간 이 공간이 나의 책방에서 벗어나 다른 사람들의 취향을 충족시키는 타인의 책방이 되면 좋겠다.

책을 고른다는 것

글쓰기와 말하기, 그리고 생각을 갖추는 게 얼마나 중요한지 새삼 깨닫게 되는 요즘이다. 지식이나 정보가 없고 훈련이 되지 않으면 글도 그렇고 말도 제대로 못하는데, 그러다 보면 타인의 도움을 받게 되고 자꾸만 타인의 도움을 받게 되면 자신의 생각은 흐릿해지거나 없어질 위험이 크다.

책을 읽는 것도 타인의 도움을 받는 하나의 방법이지만 그렇다고 이것이 나를 몰개성적으로 만들지는 않는다. 오히려 내 가치관을 더 정립시켜주며 다양한 생각과 의견과 경험을 통해 나만의 개성을 갖추게 한다.

책을 많이 읽지 않아도 직접 책을 고르는 건 여러모

로 좋은 효과를 준다. 우선은 표지 디자인을 보며 심미적 감각을 키울 수 있고, 제목을 음미하여 내포된 의미를 유추할 수 있고, 작가의 이력이나 추천사를 통해 정보를 얻을 수 있고, 직접 읽거나 혹은 선물을 할 때 나의(혹은 타인의) 현재 상태나 결핍된 부분 등을 생각하고 배려할 수 있게 된다.

선물이란 게 원래 받을 사람의 취향을 고려해야 하는 것이지만 그게 또 책일 때는 더욱 고심하게 된다. 책을 통해 어떤 고민이 해결되기를 기대하는 심리도 작용하는 것 같다. 더불어 상대방의 독해력과 정신 상태, 기분과 기호를 아울러 고려해야 하니까.

하루는 손님이 힘든 친구에게 선물하고 싶다며 내게 추천을 부탁했다. 사정은 모르지만, 너무 힘든 친구라기에 나도 안타까워 도움이 될만한 책이 뭐가 있을까? 고심하며 골랐다. 웃음이 나는 책이 좋을까? 마음의 위로를 주는 책이 좋을까? 여러 책을 살핀 후 고민 끝에 한 권을 골랐는데 마음에 들었는지 어쨌는지 모르겠다. 어쨌든 책을 같이 고르면서 힘든 친구분의 감정과 기분을 고려해볼 수 있었다.

세상을 바꾸는 빛

책 한 권이 입고되었다. 《세상을 바꾸는 빛》. 4월 14일에 입고 메일이 왔는데, 17일에 확인을 했다. 세월호 희생자 고㪍이재욱 군의 이야기를 담은 책으로 4월 16일에 맞추어 책방에 비치되었으면 좋겠다고 했는데 뒤늦게 메일을 보는 바람에 요구를 들어주지 못했다(메일 확인 게을리하지 말아야지).

세월호를 얘기하며, 잊지 않겠다, 기억하겠다, 말하지만 어떻게 잊지 않고 어떻게 기억할 것인가. 나는 무책임한 말만 했다. 가끔 광화문 광장에 나가거나 세월호 배지를 장식처럼 달고 다니는 게 고작이었다. 희생자 누구 한 사람의 이름을 불러 그를 떠올리지도 못하면서 기억을, 그 어려운 기억을 어떻게 하겠다는 말인가.

애초에 난 기억이란 걸 잘 믿지도 않는다. 기억이란 게 과연 가능한 것일까? 매 순간 쉬지 않고 무언가를 보고 듣고 말하는 삶 속에서 하나를 기억할 때 하나를 잊어버리는 나는, 기억에 의미를 두지 않았다. 내가 기억하는 것을 타인이 잊었을 때, 내가 기억하는 그 일은 정말로 있었던 일인 걸까? 기억이란 불완전하다.

그래서 기록이 필요하다. 아니, 어떤 기록은 절실하다. 기록이 기억을 지배한다는 것에 100퍼센트 동의하지는 않지만 기록을 빌려서라도 기억하기. 영원하지 않은 기억에 대한 최선의 노력은 기록, 그것이 그림이든 글이든 음악이든 어떤 만듦새이든 우리가 예술이라 부르는 그런 결과물이라 생각한다. 그런 생각을 했다. 《세상을 바꾸는 빛》을 읽으며….

이 책의 앞부분은 재욱 군의 어머니가 들려준 재욱 군의 이야기를 제작자가 재구성해서 썼다. 재욱 군이 말하는 형식으로. 그러니까 마치 재욱 군이 쓴 것인 양. 뒷부분은 고스란히 재욱 군을 기억하는 이들의 목소리를 담았다. 모든 이야기는 재욱 군에 대한 기억이자 기록이 되었다. 그리고 다시 누군가의 기억이 될 것이다.

고기를 좋아했던 재욱 군. 수학여행 떠나기 전날 삼

겹살을 먹었던 재욱 군. 여느 사람보다 맹장이 서너 배나 커서 수술 시간이 배로 걸렸던 재욱 군. 축구 선수였다가 최근엔 조경사가 되길 원했던 재욱 군. "100만 불짜리 미소"로 불릴 만큼 밝은 웃음을 지녔던 재욱 군. 건우, 중우, 제훈, 성호와 함께 "독수리 오인방"으로 불린 재욱 군. 다섯이 얼마나 재밌었을까(사진만 봐도 이렇게 즐겁네). 좌우명은 '즐겨라'도 아니고 '즐기자'. 4월 17일 부모님 결혼기념일에 선물을 드리기 위해 마련한 10만 원을 결국 사용하지 못한 재욱 군. 그리고 수많은, 수많은 재욱 군들….

내가 재욱 군을 알 수는 없지만 재욱 군을 알고 있는 어머니의 이야기를 듣는 것, 이것이 기억하는 방법을 잘 알지 못하는 내가 겨우 할 수 있는 일. 마침 금요일인데, 금요일엔 돌아온다던 빛들을 생각해본다. 정말로 세상을 바꾼….

책 낸 자

　작가가 되고 싶다. 작가란 무엇인가? 누구를 작가로 부를 수 있는가? 책을 내면 작가라 부를 수 있는가? 글을 쓰면 작가인가? 작가란 책상에 앉아 미간에 주름을 잡고 글을 쓰는 사진 한 방이 있는 이들인가? 라는 고민을 서귤은 했을 것이다.

　작가가 되고 싶다. 글을 쓰고 싶다. 그림을 그리고 싶다. 무엇보다 책을 내고 싶다. 책을 어떻게 내지? 내 글과 내 그림을 누가 책으로 만들어주지? 어떤 기준을 가지고 책을 내지? 출판사의 기준에 부합해야 하나? 타인의 기준을 내가 받아들여야 할까? 아니, 나는 내 기준을 따른다, 라고 서귤은 결심했을 것이다.

책을 냈다. 더군다나 혼자 만든 책이다. 직접 그림을 그리고 판형을 잡고 편집을 하고 인쇄를 하고 홍보를 하고 유통까지 했다. 이런 모든 과정을 혼자서 다 해냈다. 그랬더니 사람들은 나를 작가라고 부른다. 내가 되고 싶었던 바로 그 이름. 과연 미간에 주름을 잡고 책상에 앉아 고뇌하는 표정으로 나 잘났다고 말하는 이가 되었을까? 그럴 리가. 오늘 작가로서의 삶은 출퇴근길에 지하철에서 꾸벅꾸벅 졸던 어제의 나와 다름이 없지 않은가. 작가가 되어도 달라지는 건 없구나, 하고 서귤은 생각했다.

서귤은 《고양이의 크기》와 《책 낸 자》라는 독립출판물을 만든 제작자다. 아니, 작가다. 아니, 책 낸 자다. 서귤의 두 번째 책 《책 낸 자》에는, 작가로서의 고민과 함께 첫 번째 책 《고양이의 크기》를 만든 과정과 책을 낸 이후의 일상이 녹아 있다.

물론, 두 권의 책을 내기 이전의 서귤과 이후의 서귤은 달라지지 않았다. 여전히 회사에 다니고 있다. 그건 매일 똑같은 시간에 눈을 뜨고 지하철 혹은 버스에 몸을 실어야 하는 일이다. 성격이 고약한 상사에게 고개를 숙이는 일이다. 회식 자리에서 탬버린을 흔들어야 하는 일이다. 여전히 세상은 서귤을 아는 이들보다 모르는 이들이 더 많다. 작가란 자기 이름의 책을 낸 자. 그 이상도 그 이하도 아님을 알 수 있다.

그렇다면 책 낸 자의 영광은 어디 있을까? 영광은커 녕 책을 내기 위해 쏟았던 일련의 노력은 보상받았나? 아 니라면 책을 내는 건 자기만족인가? 자아실현인가? 그 알량한 작가란 타이틀을 타인으로부터 듣기 위함인가?

《책 낸 자》의 거의 모든 장면을 좋아하지만 내가 가 장 좋아하는 장면은 이후북스가 등장하는 장면이다. 나 는 그날을 생생히 기억하고 있다. 이후북스가 오픈 일주 일이 되었을 때 책도 없고 손님도 없었을 때, 고양이 털이 묻은 코트를 입고 서귤은 등장했다. 사범대를 나와 평범 한 직장인으로 살아가는, 고양이를 좋아하게 생긴 분이 었다(이럴 수가! 내 모든 추측이 맞았다).

서귤이라는 이름을 듣자마자 나는 그해 겨울 서귀 포 감귤을 같이 먹어도 될 것 같은 친근감을 느꼈다. 서귤 은 케냐AA를 시킨 후 중고책 《거의 모든 것의 역사》를 읽었다. 나는 서귤에게 귤이 아닌 포도를 건넸다. 서귤이 포도도 잘 먹어서 다행이었다. 이 장면은 《책 낸 자》에 잘 그려져 있다.

이와 비등하게 좋아하는 장면은 서귤이 부천에 있는 독립책방 '오키로미터'를 찾아가 인디자인을 배우는 장 면이다. 오키로미터는 다양한 워크숍이 열리는 카페이자 책방으로, 찾아가면 무슨 작업이든 재미나게 할 수 있는 공간이다. 마찬가지로 좋아하는 장면은 서귤이 독립출판 제작자 '더쿠'에게 책 만드는 과정을 배우는 장면이다. 덕질장려잡지 《THE KOOH》를 만드는 더쿠는 주옥같은 명언들을 쏟아낸다.

하지만 내가 무엇보다 좋아하는 장면은 서귤이 인쇄소 소장님을 그린 장면이다. 공휴일에 본인의 책 인쇄 때문에 소장님이 가족과 시간을 보내지 못한 걸 서귤은 죄스러워 한다. 그 이후 보면서도 믿기 어려운 캐릭터의 변화가 생긴다.

서귤은 책 만드는 과정 하나하나를 시시콜콜 나열하진 않았으나 관여한 인물들을 잊지 않고 그렸다. 그러니까 (제작자든 작가든) 책, 낸, 자는 결국 만날 수밖에 없는 이들이 있는 것이다. 책을 내지 않았다면 닿지 않았을 인연이 생기는 것이다.

그리고 마침내 서귤은 두 종의 책을 내고 독자를 얻었다. 어딘가에서 서귤의 책을 품고 울고 웃는 이들이 생겼다. 겨우 제작비를 건진 책(손해가 안 난 게 다행이다). 책을 내기까지의 노동은, 고민은, 미간의 주름은 인연을 만들었다. 우리에게 인연이 생기는 것을 빼면 도대체 무엇이 남는단 말인가?

책을 내면 모르긴 몰라도 어딘가의 책방지기와 연이 닿을 것이다. 불특정 다수의 독자들이 생긴다. 고양이 꼬리처럼 방향을 모르지만 중심을 잡아주는 독자들 틈에 '책 낸 자'의 영광이 있다. 당연하지만 나도 서귤의 독자다. 《책 낸 자》가 완료형이 아닌 현재진행형이 되길 바란다.

언제든 불꽃을 터트리는 책을 읽자

　요즘은 너무 바쁘다. 쉴 틈이 없다. 입고 요청도 끊이질 않고 다양한 매체로부터 인터뷰 요청도 많이 들어온다. 얼마 전까지 입고 요청이 들어오면 무조건 오케이였지만 요즘엔 거르고 거른다. 신간이 매일같이 입고된다. 책 사진을 간단하게나마 찍어서 올리는 것조차도 벅차다. 책 읽을 시간이 턱없이 부족하다. 그 와중에 음료는 맛있다고 소문이 났는지 쉴 틈을 주지 않고 손님들이 주문을 해온다. 책방에 직접 찾아오는 작가들과 출판사 관계자들이 이후북스의 무엇을 보고 좋아하는지는 모르겠지만 칭찬을 해주고 간다. 난 더 잘해야 한다는 의무감이 든다. 몸은 지치는데도 더 열심히 페달을 밟고 오르

막길을 올라간다. 이후북스는 더 높은 곳에 서려나 보다. 아주 느리고 아주 작고 낮은 곳에 있는 책방이었는데, 우뚝 솟게 되는 건 아닐까??? …라는 걱정은 여전히 하지 않고 있다. 날도 쌀쌀해졌는데 책방에 사람이 없어서 더 춥다. (겨울을 어떻게 견디지?)

오늘 한강에서 불꽃축제가 있었다. 펑펑 불꽃이 터지는 소리가 들려오는데 난 《스위트 프랑세즈》를 읽으며 눈물을 흘리고 있었다. 낮에는 좀 있던 손님들 발걸음도 저녁이 되니 뚝 끊겼다. 당연히 강변 위에서 펑펑 터지는 불꽃을 구경해야지, 눈물이나 펑펑 흘리는 책방 주인을 만나고 싶은 사람이 있겠어?! '해바라기 프로젝트'가 번역하고 이숲에서 펴낸 《스위트 프랑세즈》는 1940년 독일군의 침공에 대비해 파리를 떠나는 여러 인물들을 그렸는데, 계급에 따라 비극도 불평등하게 펼쳐지는 모습을 볼 수 있다. 난 원작자의 프로필과 원작이 세상에 나온 과정을 읽고 눈물을 흘렸다.

원작자 이렌 네미로프스키는 처음 계획했던 전쟁 5부작을 완성하지 못한 채 아우슈비츠에서 죽음을 맞이했고, 그녀의 두 딸은 미완성 원고를 반세기 넘게 보관하다 2004년에서야 예순일곱이 된 큰딸 드니스가 세상에 공개했다.

반세기가 넘도록 엄마의 원고를 가지고 있었을 그녀들을 생각하니 마음이 울컥했다. 그러면서 책의 가치에 대해 새삼 생각해보았다. 책은 가슴속의 어떤 심지를 당긴다. 한강의 불꽃놀이는 1년에 한 번인가? 좋은 책을 만나면 심장에 불꽃을 터트릴 수 있다. 1년에 몇 번이고 (이후북스 같은 책방에 자주 오면 더 많이 펑펑). 그러니까 올해의 불꽃놀이가 끝났다고 아쉬워할 것 없다. 책을 읽자. 1년 내내 불꽃을 터뜨릴 수 있다. 정말로. 이건 내가 불꽃놀이를 보지 못한 내 자신에게 하는 위로가 아니다. (정말이라니까) 불꽃놀이 엄청 좋아하지만. 정말로….

책을 왜 읽나

　가을은 독서의 계절이라고, 책방에서 열심히 독서를 하고 있다. 뭐지? 사람들은 독서를 하지 않나 봐. 그 독서 나만 하고 있나 봐. 같이합시다!

　그런데 책을 읽으면 좋은 건가? 스스로 대답해보자. 우선 책을 읽으면 단어를 많이 익힐 수 있고 지식과 정보를 얻을 수 있다. 흥미로운 이야기를 따라가기 위해선 머리를 좀 굴려야 하고 그럼 바보가 되는 걸 더디게 만들 수 있다. 그리고 카타르시스, 감정의 배설도 할 수 있다. 그리고 앉은 자리에서 여행을 할 수도 있고, 시대를 초월한 다양한 경험도 할 수 있다. 그리고… 그리고 땡?인가? 아닐 것이다.

결과적으로 그다음 스텝은, 내가 조금 불편해야 하는 것 아니겠는가. 오늘 변영주 감독이 영화 〈자백〉 관객과의 대화에서 그랬다지, 영화를 본다고 세상이 바뀌지는 않겠지만 영화를 본 이들이 세상을 불편하게 생각하면 세상이 바뀔 수 있다고. 우리는 아직 덜 불편하게 살고 있는 것이 아닌가? 나 역시 동의하는 바다. 영화도 그렇고 책도 그렇다고 생각한다.

힐링을 위해서 책을 보는 건, 그것도 하나의 이유가 될 수는 있겠지만, 힐링을 원한다면 나무를 봐야지 왜 굳이 나무를 죽여가면서 만든 종이에 작디작게 쓰인 글씨들을 읽는단 말인가.

책을 읽으며 (나쁜) 머리를 굴려보고 아파해야 한다. 좋은 책은 아픔과 상처를 얘기하고 있으니까. 책에서 느낀 아픔과 상처가 현실에도 존재함을 통찰할 수 있는 눈을 가져야 한다. 그리고 고통을 해결하려는 의지도.

그래서 이후북스의 이름은 책을 읽은 '이후'에는 조금 세상을 다르게 보라는, 책을 읽은 '이후'에는 조금 불편해지라는 뜻이 담겨 있다. 이렇게 이후북스의 이름을 각인시켜야지(책방일기의 궁극적인 목적은 일기를 읽은 이후에 이후북스에 오라는 것이다).

일단 책을 좀 사야

　최근에 중요한 사실을 하나 깨달았다. 그건 책을 읽지 않는 사람일수록 책을 더 많이 살 수밖에 없다는 것. 그러니 그간 책을 팔기 위해 책 좀 읽으라고 부추겼던 판매 전략을 바꾸기로 했다. 앞으로는 이렇게 외치기로. "책을 읽지 마세요!"

　왜냐고? 우리는 너무 바쁘다. 할 일이 너무 많다. 출근해서 아홉 시간은 기본으로 회사에서 일해야 한다. 거기에 야근에 특근도 있다. 밥도 먹어야 하고 〈쇼미더머니〉도 봐야 하고 주말엔 영화도 보고 야구도 봐야 한다. 이렇게 바쁘고 할 일이 많은데 책을 언제 읽냐?

　세상에 책은 또 얼마나 많은가? 읽을 시간은 없는데

책은 계속 만들어진다. 뭐가 좋은지 모르겠지만 책이 좋다고 어렸을 때부터 세뇌당했다. 책 읽는 사람이 지적으로 보이는 것도 같다. 최근에 나오는 책들은 표지도 심상치 않다. 시선을 사로잡을 만큼 예쁘다. 책 읽을 시간은 없지만 책을 사긴 사야 할 것 같다. 그럼 우선 한 권 산다.

책을 샀으니 인증샷을 찍어야 한다. 힙한 카페에 가서 책 가격에 상응하는 플랫화이트를 시켜놓고 사진을 찍는다. 드라이플라워라도 있으면 금상첨화. 책을 찍으려는 의도가 아니라는 걸, 책을 읽다가 무심코 생각에 잠긴 순간을 찍었다는 걸 강조하기 위해 되도록 배경이 많이 나오게 한다. 이때 자랑하고 싶은 팔찌, 지갑, 시계 등 액세서리가 있으면 보일 듯 말 듯 같이 찍자. 일석삼조다.

보이는 이미지만큼 내용도 좋아야 하니까 아무 페이지나 펼쳐보자. 앞뒤 맥락은 잘 몰라도 어쨌든 마음에 드는 문장을 발견할 것이다. 없다고? 그럼 두세 페이지 앞뒤로 더 넘겨보자. 이젠 있을 것이다. 그래도 없다고? 그럼 그냥 책을 덮어라. 3분을 투자했는데도 펀치라인이 없다면 차라리 힙합을 들어라. 힙합에는 확실한 펀치라인이라도 있지. 사진을 올리면서 글도 함께 쓰긴 써야 하는데 어떻게 하지? 걱정 마시라. 책 머리말이나 발문 추천사에서 좋은 구절을 발췌하여 책의 구절인 듯 내 생각인 듯 애매모호하게 적으면 된다.

사진도 다 올렸겠다. 이제 책은 덮어두고 남은 플랫 화이트나 마저 마시면서 '좋아요'를 기다린다. 책은 바쁘니까 읽을 수 없다. 책은 집에 있는 책장에 잘 꽂아둔다. 읽지 않은 책들이 책장에 가지런히 꽂혀 있는 것만으로도 꽤 보기 좋다. 인테리어까지 완성했으니 이 얼마나 훌륭한 책의 쓰임새인가. 이제 부담 없이 또 아낌없이 다른 책을 살 수 있다.

중요한 점은 책을 절대로 읽어서는 안 된다는 것이다. 책을 읽지 않아야 책을 바꿔가며 인증샷을 더 많이 찍어서 올릴 수 있다. 매일 쏟아지는 신간에 발맞추어 문화를 즉각적으로 흡수하는 문화인인 척할 수 있고 책방 주인들에게는 최고의 고객이 될 수 있다. 책은 읽지 않아야 계속 좋은 책으로 남을 수 있다. 어떤 평가도 내릴 수 없으니까. 책이 싫어지는 일도 영원히 없다.

그런데 바쁘고 바쁜 와중에 한 번쯤은, 공중에 떠서 갈피를 잡지 못하는 시간이 주어질지도 모른다. 데이트 약속이 펑크 나서 기분은 더러운데 잘 차려입고 나왔으니 집에는 들어가기 싫고 뭐라도 하며 시간을 보내야 할 때, 거짓말처럼 마음에 드는 문장이나 단어가 눈에 들어와 책을 읽어버리는 그런 날. 어쩌다 펼친 책이 재밌어서

끝까지 다 읽고 책을 덮었더니 아뿔싸! 〈쇼미더머니〉도 끝나버렸다.

안타깝지만 만약 그런 날이 온다면 당신은 그 시간만큼 늙어버린 셈이다. 웬만한 책 한 권 읽는 데는 2시간 분량의 영화를 보는 것보다 더 긴 시간이 소요된다. 하루가 아니라 몇 날 며칠을 읽어야 하는 책도 있다. 그러니 얼마나 많은 것을 하지 못한 채 책만 읽은 것인가? 책이란 건 그냥 표지만 감상하고 페이지는 한번 들춰만 보고 장식용으로 소모해버려야 한다. 더군다나 오랜만에 책방에 갔더니 책방지기는 당신이 늙었다며 타박이나 한다.

그런데 늙어버린다는 건 무슨 의미냐? 삶을 이해할 수 있다는 것. 삶을 이해한다는 것에는 무슨 의미가 있냐? 용서할 수 있다는 것. 용서할 수 있다는 건 무슨 의미냐? 남이 되어보는 것. 남이 된다는 건 무슨 의미냐? 나를 반성할 수 있다는 것. 나를 반성한다는 건 무슨 의미냐? 다른 내가 될 수 있다는 것. 다른 내가 되는 건 무슨 의미냐? 다양해진다는 것. 다양해지는 건 무슨 의미냐? 더 많은 삶을 경험할 수 있다는 것. 더 많은 삶을 경험한다는 건 무슨 의미냐? 결국, 늙어버리는 것. 그렇다, 이 목록은 다시 시작된다. 그러나 다르게 채울 수도 있다.

이제 당신은 책을 사면 좋고 안 사면 싫은 손님 이상

이다. 당신은 너무 까다로워졌다. 책방지기는 당신 마음에 들 책을 고르고 골라야 한다. 당신이 발견하지 못한 책을 자꾸만 보여주려 노력하게 된다(그러니 이 글 최초의 목적대로 책을 읽지 마세요, 라고 다시 외치는 바이다). 둘은 이제껏 하지 않은 대화를 하게 되고 서로에게서 무언가를 배우고 어떤 삶의 의미를 발견해 서로의 마음을 채워줄 수 있을지도. 나 역시 오로지 독자로만 남게 된다면 책 읽는 늙은이가 되고 싶다.

자, 이제 선택하면 된다. 희망을 품고 책을 그 자리에 놓아만 두든가, 늙음을 직시하며 책을 읽든가. 아니, 근데 선택은 결국 하나네. 일단은 책을 사는 것!

부록 창업기 컷만화

창업기 01

창업기 02

제주 생활을 정리하고 서울로 왔다

많은 것을 잃었다…

만신 창이야

마음의 안정은 얻었지만

재정 상태는 참담…

막내, 어서 와!

언니 1호 언니 2호 언니 3호 언니 4호

어떻게 책방 보증금을 마련하지?

몽블랑을 팔아야 하나

고생했어 잘 왔어 좀 쉬어 오랜만이야

친구 1호 언니 1호 언니 2호 언니 3호 언니 4호 친구 2호

막내, 걱정 마!

언니 1호 언니 2호 언니 3호 언니 4호

토닥 토닥

몽블랑!

우리 헤어지지 않아도 된다!

휴─

책방 일기

창업기 03

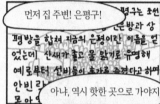

창업기 04

창업기 05

창업기 06

창업기 07

굶어 죽지 않으면 다행인 — 이후북스 책방일기

1판 1쇄 펴냄 2018년 5월 30일
1판 3쇄 펴냄 2024년 8월 20일

지은이 황부농
그린이 서귤
펴낸이 안지미

펴낸곳 (주)알마
출판등록 2006년 6월 22일 제2013-000266호
주소 04056 서울시 마포구 신촌로4길 5-13, 3층
전화 02.324.3800 판매 02.324.3232 편집
전송 02.324.1144

전자우편 alma@almabook.by-works.com
페이스북 /almabooks
트위터 @alma_books
인스타그램 @alma_books

ISBN 979-11-5992-153-7 03810

알마출판사는 다양한 장르간 협업을 통해 실험적이고 아름다운 책을 펴냅니다.
삶과 세계의 통로, 책book으로 구석구석nook을 잇겠습니다.